İmkânsız(!) Periler...

www. metrogroupgirls.info

PROJE ORTAKLARI

METRO Group

METRO
Cash & Carry Türkiye

real,-

METRO Group
Asset Management

BABA BENİ OKULA GÖNDER
Milliyet

D&R
MUSIC BOOK
STORE

ÇAĞDAŞ YAŞAMI DESTEKLEME DERNEĞİ

İMKÂNSIZ(!) PERİLER...

Hazırlayanlar: Nurdan Tümbek Tekeoğlu, Şebnem Sayıl, Ersan Açıkay, Nurdan Ataolur, Onur Bilir, Bilge Maden, Seda Sunat, Şule Çevik

1. baskı / aralık 2008
4. baskı / mayıs 2009 / ISBN 978-605-111-040-0
Sertifika No: 11940

Kapak ve kitap tasarımı: METRO Group Temsilcilik Ofisi
Baskı: Mega Basım, Baha İş Merkezi A Blok,
Haramidere Avcılar - İSTANBUL

Doğan Egmont Yayıncılık ve Yapımcılık Tic. A. Ş.
19 Mayıs Cad. Golden Plaza No. 1 Kat 10, 34360 Şişli - İstanbul
Telefon : (0212) 246 52 07
Faks : (0212) 246 66 66
www.dogankitap.com.tr / editor@dogankitap.com.tr / satis@dogankitap.com.tr

İmkânsız(!) Periler...

Hazırlayanlar:
Nurdan Tümbek Tekeoğlu,
Şebnem Sayıl, Ersan Açıkay, Nurdan Ataolur, Onur Bilir,
Bilge Maden, Seda Sunat, Şule Çevik

METRO Group'un Çağdaş Kızları

METRO real METRO Group Asset Management

Bu kitap okuma ateşi ve azmini sürekli kalbinde yaşayan kız çocuklarımıza ithaf edilmiştir.

DOĞAN KİTAP

'İMKÂNSIZ(!) PERİLER' KİTABIMIZI
SATIN ALARAK PROJEYE DESTEK VEREN
KURUM VE ŞAHISLARA TEŞEKKÜR EDİYORUZ.

Avukat Refik Türkoğlu
Özel İstanbul Çevre Okulları
Sayın Mehtap Sartık
Turgut İlaçları A.Ş.
Nuşin Oral - YKM Mağazaları
İstanbul Rotaract Kulübü
Yaprak Özer - İndeks İçerik Danışmanlık
Murat Gigin - Tekfen İnşaat ve Tesisat A.Ş.
Ceyda Aydede - Global Tanıtım
Nabi İnal - Avukat
Mustafa Fethi Gürbüz - Serenas Group
Serdar Susuz - İnspark Akıllı İş Çözümleri
Suat Soysal
Çelikel Vakfı
Oya Germen
Atanur Dikmen
TED Alanya Koleji
Redo Gıda ve İnşaat
Optima Besin Maddeleri
Hüseyin Yücel Ersöz
Karizma Beşler
Tarım Sigortaları Havuz İşletmeleri A.Ş.
TED İstanbul Koleji Lise Öğrencileri Birliği
Özel Taş İlköğretim Okulu
Barış Uzunhan
Kürşan Şen-Bayer Schering Pharma

Önsöz

İş yoğunluğu ile geçen yorucu bir haftanın ardından evimde gazeteleri almış okuyordum. Ta geçmiş yıllardan tanıdığım ve her zaman hayata bakışını takdir ile karşıladığım Meral Tamer'in köşesine takılı kaldım. Ağrı'nın bir sınır karakolunda vatani görevini yapan Mahfuz isimli bir askerin mektubundan bahsediyordu.

Bu onurlu Mehmetçik, bir aylık asker maaşı olan 24 YTL'yi Baba Beni Okula Gönder Kampanyası'na bağışlıyordu. Kız kardeşinin okuyamadığını söylüyor, bir aylık asker maaşını bağışlayarak başka kız çocuklarının okutulmasını talep ediyordu. İnanın er Mahfuz'un mektubunu gözyaşlarıyla tamamlayabildim. Ve hemen telefona sarılarak kadim dostum Meral Tamer'i aradım. Öncelikle duygularımı dile getirdikten sonra şirketim adına yüz kız çocuğunun üç yıllık eğitim masraflarını karşılayacağımızı taahhüt ettim.

Daha sonra Çağdaş Yaşamı Destekleme Derneği Genel Başkanı, değerli hocam Sayın Türkan Saylan beni aradı ve yüz kız çocuğunun Türkiye'nin en yoksul illeri arasında son sıralarda yer alan Muş ilinden seçildiğini aktardı. Türkiye'nin birçok ilini görmüş biri olarak Muş'a gitmeyi hedeflerimiz arasına koyduk. Hemen bir organizasyon yapıp on üç gazeteci ve değerli gazeteci büyüğümüz Nail Güreli ile birlikte Muş'a hareket ettik. Muş ilini gördükten sonra bu projeye bakışım gerçek anlamda değişti. Yüz kız çocuğunun eğitim masraflarını karşılamada bir an olsun desteğini arkamdan çekmeyen Almanya'daki yöneticilerimle bu konuyu paylaştım ve hemen akabinde desteklediğimiz kız çocuklarının sayısını iki yüze yükselttik.

Muş'ta insanların yoksulluğu ve çaresizliği, hemen hareket geçmemiz gerektiğini anımsattı ve öyle de yaptık. Aradan bir yılının üstünde bir süre geçti, biz Muş'taki çocuklarımızın eğitim masraflarını karşıladığımız gibi, yaşam ihtiyaçlarını da gidermek için bazı yardımlarda bulunuyorduk. Yine bir gün ÇYDD Başkanı Prof. Dr. Türkan Saylan ile karşılaştık. Kendisi bize METRO Group'un çok iyi bir iş yaptığını, bütün şirketlere yol gösterici olduğunu söyledi. Türkiye'de resmi rakamlara göre altı yüz bin kız çocuğunun okula gönderilmediğini ve henüz yirmi bin kız çocuğuna ulaştıklarını ifade etti. Ve hemen ardından o ikna edici üslubu ile "Size bin kız çocuğu okutmak yaraşır" dedi. Bunun üzerine Prof. Dr. Türkan Saylan'dan bize biraz müsaade etmelerini istedim ve bu konuya genel müdürlerimiz ve Almanya ile paylaşacağımı ilettim.

Sosyal sorumluluğa bakış açısı bu kadar net ve doğru olan METRO Group'ta çalışmaktan bir kez daha gurur duymama sebep olan cevaplar genel müdürlerimizden ve Almanya'dan birbiri ardına geldi. Ülkemizin en büyük toplumsal sorunu olan kız çocuklarının okula gönderilmemesi konusunda METRO Group ve satış şirketleri olan Metro Toptancı Market, Real Hipermarketleri ve emlak yönetimi ve kiralama konusunda bize hizmet veren METRO Group Asset Management olarak taşın altına elimizi koyma kararı aldık. Metro Toptancı Market iki yüz, Real Hipermarketleri üç yüz, METRO Group Asset Management yüz ve METRO Group Temsilcilik Ofisi dört yüz kız çocuğunun eğitim masraflarını üstlendik. Ve bizzat Doğan Gazetecilik'in Yönetim Kurulu Başkan Vekili Hanzade Doğan Boyner'in katılımı ile METRO Group Temsilcilik Ofisi'nde bu projenin protokolünü imzaladık.

Kız çocuklarımıza verdiğimiz desteğin sadece maddiyatla sınırlı kalması hiç arzu ettiğimiz bir düşünce değildi. Bu yüzden her ile basın mensubu arkadaşlarımızla birlikte giderek bizzat kız çocuklarımızı gördük ve onlara çanta ve kırtasiye setleri hediye ettik. Ayrıca özel günlerde çeşitli hediyeler gönderdik. Çocuklarımızın hayata bakış açılarını değiştirmek ve yarışma bilincini kazanmaları için çeşitli aktiviteler organize ettik. Bu ve buna benzer organizasyonlar METRO Group'un sosyal sorumluluk anlayışının sürdürülebilirliğini ortaya koyuyordu. Sürdürülebilirlik gerçekten de bizim açımızdan olmazsa olmazdı.

Şapkamızı önümüze koyup arkadaşlarımızla birkez daha düşündük. Bu çocuklarımızın eğitim masraflarını karşılamanın yanı sıra, düzenli ve sabit bir gelirleri de olması gerekiyordu. Aynı zamanda projenin kamuoyunda daha fazla duyurulabilmesi için yeni bir mecra yaratılmasına ihtiyaç vardı. Bu amaçla bütün arkadaşlarımızın katılacağı yeni bir proje ortaya koyduk. Türkiye'nin on ilinde eğitimlerine destek olduğumuz kız çocuklarının en başarılılarını ziyaret edip onların hayat hikâyesini kitap ve belgesel haline getirmeyi kararlaştırdık. Her şeyin A'dan Z'ye amatör bir ruhla ele alındığı kitap ve belgesel projesinde bütün aşamalarda METRO Group Temsilcilik Ofisi'nin çalışanlarının imzası vardı. Adana, Bursa, Bodrum, Konya, Gaziantep, İzmir, Trabzon, Muş, Osmaniye ve Hatay iline ziyaretler yapıp kız çocuklarımızla görüştük. Minimum bütçe ile hareket ederek hiçbir kâr amacı gütmeden bir eser meydana getirmeye gayret ettik.

İmkânsız Periler... isimli kitaba biz emeğimizi ve terimizi kattık. Bu kitabın satışından elde edilen gelirin "METRO Group'un Çağdaş Kızları" fonuna bağışlanmasını öngördük. Ve bu fona aktarılan maddi kaynak bin kız çocuğumuzun yaşam giderlerinin karşılanmasında kullanılacak.

Proje de emeği geçen başta;

değerli yöneticim, Dr. Rainhardt Von Leoprechting'e,

Çağdaş Yaşamı Destekleme Derneği Genel Başkanı Prof. Dr. Türkan Saylan'a,

Doğan Gazetecilik'in Yönetim Kurulu Başkan Vekili Hanzade Doğan Boyner'e,

Doğan Kitap Proje Geliştirme Müdürü Sayın Vahit Uysal'a,

Metro Toptancı Market Genel Müdürü Hakan Z. Ergin'e,

Real Hipermarketleri Türkiye Genel Müdürü Kubilay Özerkan'a,

Real Hipermarketleri Ukrayna Genel Müdürü Ulf Groth'a,

METRO Group Asset Management Genel Müdürü Gündüz Bayer'e,

Ve değerli ekibim Şebnem Sayıl, Ersan Açıkay, Nurdan Ataolur, Onur Bilir, Bilge Maden, Seda Sunat ve Şule Çevik'e teşekkürü borç biliyorum.

Bu kitap okuma ateşi ve azmini sürekli kalbinde yaşayan kız çocuklarımıza ithaf edilmiştir.

Saygılarımla,

Nurdan Tümbek Tekeoğlu

METRO Group, hizmet verdiği otuz bir ülkede olduğu gibi Türkiye'de de kurumsal sosyal sorumluluk projelerine olan hassasiyetiyle tanınmaktadır. METRO Group uzun yıllara dayanan derin uluslararası iş deneyimlerine paralel olarak, toplumların sosyal, ekonomik, kültürel ve sanatsal gelişimlerinde büyük rol oynayan güçlü ve önemli sosyal sorumluluk projelerini hayat geçirmektedir.

METRO Group'un sosyal sorumluluk bilinci Türkiye'de de aynı inançla sürdürülmektedir. Türkiye'ye yatırım yapan ilk yabancı perakende şirketi olarak METRO Group, hayata geçirdiği sürdürülebilir yanı ön planda olan sosyal sorumluluk projeleri ile Türk tüketicisinin gözünde güçlü ve güven üzerine kurulu bir marka imajına sahiptir. METRO Group, sosyal sorumluluk projeleri ile Türk sağlık ve eğitim sistemlerine, ekonomik yapıya ve kültürel-sanatsal gelişime büyük ve samimi katkılar sağlamaktadır.

METRO Group 2006 yılından bu yana Milliyet gazetesi ve Çağdaş Yaşamı Destekleme Derneği ile işbirliği içerisinde METRO Group'un Çağdaş Kızları Projesi'ni yürütmektedir. Kampanyaya Muş'ta yaşayan yüz kız çocuğunun üç yıllık eğitim masraflarını üstlenerek dahil olan METRO Group, desteğini 2006-2007 öğrenim yılının ikinci döneminde artırmıştır. METRO Group bünyesinde bulunan satış şirketlerinin katılımı ile, Türkiye'nin on farklı ilinde toplam bin kız çocuğunun eğitim masrafları üç yıl boyunca üstlenilmiştir.

Bin kızımızın dört yüzünün eğitim masrafları METRO Group tarafından, üç yüzünün Real Hipermarketleri tarafından, iki yüzünün Metro Toptancı Market tarafından ve yüzünün masrafları METRO Group Asset Management tarafından karşılanmaktadır. METRO Group bu projeyi, sürdürülebilirlikten ödün vermeden ileriki yıllarda da sürdürmeyi planlamaktadır.

Elinizde tutmuş olduğunuz bu kitap, METRO Group'un Çağdaş Kızları'nın mütevazı ve samimi hayat hikâyelerinin içtenlikle ele alınmış bir yansımasıdır. İnanıyoruz ki, bu kitapla Anadolu'nun engellerden yılmayan kızlarının gözlerinde gördüğümüz o saf ve umut dolu ışığı sizler de çok net olarak göreceksiniz...

Saygılarımla,
Dr. Rainhardt Freiherr von Leoprechting

Ülkemizin gelişmesinin, huzur ve refah içinde kalkınmış bir konuma gelmesinin önündeki en büyük engelin cehalet olduğunu hepimiz çok iyi biliyoruz.
"Cumhuriyetimizin temeli kültürdür" diyen büyük Atatürk'ün bizler için yaptığı tüm devrimlerde, herkes için eşitlikçi bir eğitim başı çeker.

Eğitilmiş kitlelerin kalkınıp demokrasiye, insan haklarına, özetle çağdaşlaşmaya ulaşması kolaydır.

Bizde ise genelde, kız ve erkek çocuklar arasında okullaşma ne yazık ki kızların aleyhinde, çok farklıdır. İki erkek çocuk okula giderken bu kızlar için birdir.
Çok fazla çocuk yapılması, ailenin geleceğinin erkek çocuklarda görülmesi, kızların gidici oluşu ve on iki on dört yaşlarında evlendirilerek ufak bir gelir sağlanabilmesi gibi çağdışı alışkanlıklar, ülkemizde milyonlarca okumaz-yazmaz kadını ve çocuk yaşta evlendirilen, berdel ya da kuma edilen kızlarımızı oluşturmaktadır.

Çağdaş Yaşamı Destekleme Derneği olarak bizler bu nedenle, "Pozitif Ayrımcılık" diye nitelenen bir görüşle, son on yıldır kız çocuklarının okullaşmasına, burslar yoluyla destek vermeyi ilke edindik.
İşte bu projemize en sıcak bakan kurumlardan biri de "METRO Group" oldu.
2006 yılında, ilk kez Muş ilimizden, okula devamları çok zor olan yüz kızımıza burs ve çeşitli armağanlar sağlayan METRO Group'un bugün, ülkenin her yerinde okuttuğu bin kız öğrencisi var. Hepsi de çok çalışkan ve başarılı.

Dileğimiz, burs desteği ile eğitimlerini sürdüren kızlarımızın sayısını yüz bine çıkarabilmek. Bu konuda destek verenler, birkaç kızla başlayan bu projenin Türkiyemizin çağdaşlaşmasında ne kadar önemli olduğunu algılamaktadırlar.
METRO Group'a ve projenin öncüsü Nurdan Tümbek Tekeoğlu'na, gönlünü vermiş tüm METRO Group çalışanlarına teşekkür ediyor ve onları kutluyoruz.

Prof. Dr. Türkan SAYLAN
ÇYDD Genel Başkanı

PROJEMİZİN TEMELLERİNİN ATILDIĞI GÜN...

14 KASIM 2006

Soldan: Ulf Groth (Real Türkiye eski Genel Müdürü), Hanzade Doğan, Gündüz Bayer, Nurdan Tümbek Tekeoğlu, Torsten Bauer

Okullaşma çağına geldiği halde ne yazık ki eğitim imkânlarından yararlanamayan yüz binlerce kızımız var. Bu kızlarımızın okuyup yazmayı öğrenme imkânından mahrum kalmaları Türkiyemizin en büyük sorunlarından biridir. Bu sorun bizi üzüyor, mutsuz ediyor.

Meselenin bir yanında, yüz binlerce kızımız kendilerini geliştiremeden, inkişaf edemeden hayatlarını sürdürmeye mahkûm oluyor.

Meselenin ikinci yüzünde ise, geleceğin anneleri eğitimsiz kalıyor. Okuma yazma bilmeyen, en temel bilgilerden mahrum bırakılmış annelerin gelecek nesilleri yetiştirmesi, toplum olarak ilerlememizin önündeki en büyük engellerden biri olarak duruyor. Düşünün ki, doğurduğu çocuğunun bazı hastalıklara karşı aşı olması gerektiğini bilmeyen annelerimiz var. Birtakım batıl inançlarla hareket ederek, hastalanan çocuğunu doktor yerine hocalara götüren annelerimiz var. Eğitim olmaksızın bu davranışları kırabilmek, değiştirebilmek mümkün değil.

Atatürk'ün çağdaş Türkiyesi'ni oluşturmak hedefinde ilerleyeceksek, önce eğitim sorununu çözüme kavuşturmamız gerekiyor. Eğer bugün bir şeyler yapmazsak, bu sorun yarın karşımıza çok daha büyük boyutlarda çıkacak. İşte bu bilinçle ve büyük bir heyecanla, 23 Nisan 2005 tarihinde eğitimlerine devam edemeyen kızlarımız için bir seferberlik başlattığımızı duyurduk bütün Türkiye'ye...

Ve ardından yola koyulduk. Ve sonuçta, onlarca toplantı, Türkiye'nin dört bir tarafına yapılan sayısız gezi, temel atma törenleri, inşaat şantiyelerinde denetimler, yürütülen faaliyetler, burs programları için bağış toplama etkinlikleri, açılış törenleri ve yüz elli binden fazla insanın imeceyle, gönül birliğiyle katıldığı dev bir kampanya ortaya çıktı.

Bugün geldiğimiz noktada üç yıl gibi kısa bir süre içinde 29 kız yurdu ve 10 köy okulu açılmış bulunuyor. Benzer şekilde 7 156 kızımız, bu kampanya çerçevesinde sağlanan burs imkânlarından yararlanarak okula gidebiliyorlar.

"Baba Beni Okula Gönder" kampanyası hayata geçirilmeseydi, bu kızlarımız, büyük bir olasılıkla köylerinde kaderlerine mahkûm olacak, tarlada çalıştırılıp, çok erken yaşlarda aile baskısıyla evlenmek zorunda kalacaktı.
Bu proje onların hayatlarını değiştirdi. Bu değişimi yaratmak, bu değişime

tanıklık etmek heyecan verici bir süreç. Ama daha yolun başında olduğumuzu biliyoruz.

Bu kampanya bizim kadar, maddi imkânlarıyla destek veren, katkıda bulunan kuruluşlarımızın, vatandaşlarımızın destekleriyle ortaya çıktı. Metro Topluluğu da daha başlangıcından itibaren bu kampanyamıza, bu gönül birliğine çok değerli katkılarda bulundu. Onlardan aldığımız önemli destek, bize büyük güç verdi, okula gidemeyen tek kız çocuğu kalmayıncaya kadar kampanyamızı sürdürme taahhüdümüzü kuvvetlendirdi.

Bu konu artık Milliyet olarak bizim en önemli davalarımızdan biridir.

Binlerce kızımızın hayatının değişmesine katkıda bulunan, seferberliğimizde bize inanan, bize destek veren sizlere yürekten teşekkür ediyoruz.

Hanzade Doğan Boyner
Doğan Gazetecilik
Yönetim Kurulu Başkan Vekili

Metro Toptancı Market uzun yıllardır Türkiye'de, Türk tüketicisi ile işbirliği içinde çalışıyor. Ancak Metro'nun hizmet verdiği diğer ülkelerde de olduğu gibi, Türkiye pazarında da tek misyonu kaliteli ürün ve avantajlı fiyat sunmakla sınırlı değildir. Diğer bir deyişle, yüksek kalite, benzersiz ürün çeşitliliği, uygun fiyat politikası Metro'nun Türkiye'de yürüttüğü çalışmaların tek boyutu değildir.

Metro uzun yıllar boyunca güven ilişkisi içinde müşteri ilişkilerini insan ve toplum odaklı yürütmüştür. Tüketici ile uzun süreli işbirliği sürecinde, müşterilerine ve topluma karşı sorumluluklarını asla göz ardı etmemiştir. Elinizde bulunan bu kitap, METRO Group ve satış şirketlerinin güç birliği yaptığı, birlikten kuvvetin nasıl doğduğunu adeta kanıtladığı bir projenin en içten ve sıcak ele alınış öyküsüdür.

Gördük ki; eğitim imkanı sunulduğunda Anadolu'nun kızları büyük işler başarıyor, kendilerine olan inançlarıyla töreye ve baskıya başkaldırabiliyorlar. Daracık hayatlara mahkum edilen kızlarımızın kitapla, defterle, okulla buluştuklarındaki sevinçlerini şahit olduk. Bizim bu projeye başladığımız günden bu yana yaşadığımız ve gördüğümüz hayatları herkes öğrensin istedik ve bu kitaba hayat verdik.

Dokunduğumuz, dinlediğimiz ve gördüğümüz hayat öyküleri bize unuttuğumuz değerleri, özlediğimiz samimiyeti ve saflığı hatırlattı. Hayalleri bile ellerinden alınmış olan genç kızlarımızın okul sevgisi ile geleceğe nasıl umutla baktığını görmek bizlere gurur verdi.

METRO Group'un Çağdaş Kızları Projesi her şeyden önce örnek teşkil etmesi gereken bir projedir. Gönül ister ki, tüm diğer ulusal ve uluslararası şirketler bu yönde çalışmalar ve projeler hayata geçirsin. Okul yüzü göremeyen milyonlarca kızımızın, ancak el birliği ile çalışırsak kalem tutmasını sağlayabiliriz.

Projemizin kahramanlarının umut dolu öyküsünü keyifle ve heyecanla okuyacağınızı ümit ederiz...

Sevgi ve selamlarımla,

Hakan Ziya Ergin
METRO Cash & Carry Türkiye
Genel Müdür

Ülkemizin on yıllardır sürdürdüğü kalkınma hamlesinde hak ettiği ivmeyi kazanabilmesi için şüphesiz en temel altyapı sorunlarından biri milletçe erişmeyi hedeflediğimiz eğitim standartlarımızdaki eksiklilerdir. Her ne kadar özellikle 1981'den bu yana genel okuma yazma oranını yükseltmeye yönelik çabalarla % 67'lik orandan 2000'li yıllarda % 85,6'lık bir seviyeye ulaşılmışsa da, bu oranı yeterli görmek şüphesiz mümkün değildir.

Bunun yanı sıra, herkesi olduğu gibi beni de ürperten diğer bir konu da, halen Türkiye'de altı yüz bin kız çocuğun okula gönderilmediği veya gönderilemediği gerçeğidir. Özellikle Doğu ve Güneydoğu Anadolu'daki illerimizde yaşayan kız ve erkek çocukların, hasat dönemlerinde Türkiye'nin tarımsal açıdan zengin şehirlerine gitmeleri, mevsimlik işçi olarak çalışmaları da, buradaki gençlerimizin, çocuklarımızın eğitim ve öğrenimlerini sürdürmelerine büyük sekte vurmaktadır. Üstüne üstlük, tüm bu geçim mücadelesinin dışında bu çocukların birçoğunun maalesef nüfusa kaydı bile bulunmaması, şüphesiz Türkiye'nin çağdaş medeniyet vizyonuyla bağdaşmamaktadır.

Yukarıda bahsettiğim bu sorunların çözümüne katkı verecek etkin ve en dikkat çeken çalışmalardan biri Milliyet gazetesi ve Çağdaş Yaşamı Destekleme Derneği'nin başlattığı "Baba Beni Okula Gönder" kampanyası olmuştur. METRO Group olarak 2005 yılının nisan ayından itibaren, bu çalışmada yer almış olmaktan çok büyük onur duymaktayız. Kampanya çerçevesinde, Muş'ta yaşayan yüz kız çocuğunun eğitim masraflarının karşılanması ile başlayan bu destek, 2006 yılı kasım ayı itibari ile on farklı ilimizden bin kız çocuğunun eğitim masraflarının üstlenilmesiyle daha da büyümüştür. Kız çocuklarının okutulmamasının sadece Doğu ve Güneydoğu illerimizin sorunu olmadığı gerçeğinden yola çıkarak, destek alanımızın tüm coğrafi bölgelerimize yayılacak şekilde Muş, Bursa, Muğla, Trabzon, Gaziantep, Osmaniye, Adana, Antakya, İzmir ve Konya gibi illeri içermesine ve desteğimizin Türkiye'nin tüm bölgelerinde eğitimden yoksun kalan kızlarımıza ulaşmasına özel hassasiyet gösterilmiştir.

Bir METRO Group şirketi olan Real Hipermarketler Zinciri A. Ş. olarak bu bin kız çocuğun üç yüzünün eğitim masraflarını üç yıl süreyle karşılamaktan büyük mutluluk duymaktayız.

"Baba Beni Okula Gönder" projesine Real Hipermarketler Zinciri A.Ş. olarak verdiğimiz desteğin yanı sıra, Türkiye İsrafı Önleme Vakfı'nın yürüttüğü "Açlıkla Mücadele" kampanyasında da etkin bir rol üstlenilmiş, katılımımız çerçevesinde, bu ülkenin kaynaklarını dayanışma ruhunu pekiştirecek bir mantaliteyle ihtiyaç sahiplerine ve üreten bireylere taşıma hedefiyle pek çok adım atılmıştır. Yine sosyal sorumluluk bilinciyle İstanbul Kartal'da bulunan Hesna Gündeş İlköğretim Okulu METRO Group şirketleri ile birlikte yeniden yapılmış, okulun fiziki şarları, (elektrik, doğalgaz gibi altyapı çalışmaları dahil) çocuklarımızın rahatça okuyabileceği, temiz hava teneffüs edebileceği, ısınabileceği özel okul seviyesine getirilmiştir.

Sonuç olarak şu tespiti yapmamız gerekir ki, kurumlar, bir taraftan ticari faaliyetlerini gerçekleştirirken, bir taraftan da bu faaliyetleri sürdürdüğü topraklar ve insanlar için üzerine düşen sosyal sorumlulukları yerine getirerek, en başta sağlıklı ve bilinçli nesiller yaratılması yönünde çok ciddi adımlar atmak durumundadır. Bizler Real Hipermarketler Zinciri A.Ş. olarak, perakende sektöründe çok uzun yıllardır benimsediğimiz üst düzey kalite anlayışımızı, toplumsal yaşamdaki kalitenin artırılması hedefiyle pekiştirme misyonuyla hareket ediyoruz. İnsana saygı ve içinde bulunduğumuz toplumun gelişimine katkı verme prensibimiz, her türlü ticari kaygının ötesinde, değişmez ve ertelenemez değer yargılarımız olarak her zaman varlığını koruyacaktır. Bu sebeple, geçmişte imza attığımız sosyal projeler, şüphesiz gelecekte de sürecektir.

Kubilay Özerkan
Türkiye Genel Müdürü
Real Hipermarketler Zinciri A.Ş.

Tüm dünya için sevgi, saygı, hoşgörü ve birlik gibi kavramların en güzel buluşma noktası olan Hz. Mevlânâ Celaleddin-i Rumi'nin Konya'sında, küçücük kalplerinde kocaman sevgiler taşıyan kız çocuklarımızın hepsi aslında Hz. Mevlânâ'nın birer kopyası. Bir ömür boyu sürecek sevginin, barışın ve mutluluğun sırrı, bu çocuklarımızla bizden sonraki nesillere taşınıyor.
Mevlana diyarı Konya'da bulunan yüz kız çocuğumuz, birlikteliğimizin başından beri, gözlerindeki zekâ pırıltılarını, kalplerindeki sevgiyle birleştirdiler. Verdiğimiz küçük bir destekle, başarma arzularını kamçılayarak, aslında kendi geleceklerine kendileri imza attılar.

Değerli hocamız Prof. Dr. Türkan Saylan önderliğinde yola çıkan eğitim neferlerinin aydınlattıgı bu kız çocuklarının her biri, yarının müreffeh Türkiye'sinin kurulmasında başrol oyuncuları olmaya adaylar.

Metro Group Asset Management olarak biz de, Hz. Mevlânâ'nın ilmini, sevgi, hoşgörü, barış ve aşk adına, yeni nesillerimizin eğitimine katkıda bulunarak devam ettirmeye çalışıyoruz.

Kız çocuklarımız yarının büyükleri, yarının doktorları, avukatları, yöneticileri olarak karşımıza çıktıkları an, gururla onlara bakacak ve "Ne mutlu bizlere" diyebileceğiz.
"Ne mutlu bizlere ki, Atatürk'ün bıraktığı bu emaneti birlikte daha da ileriye taşıyabiliyoruz, çocuklarımızın ellerinde yarınımız daha da aydınlık ve biz buna destek olabilme fırsatına sahibiz." Yolunuz açık, başınız daima dimdik olsun kızlarımız...

Gündüz Bayer
Metro Group Asset Management
Genel Müdür

Adana

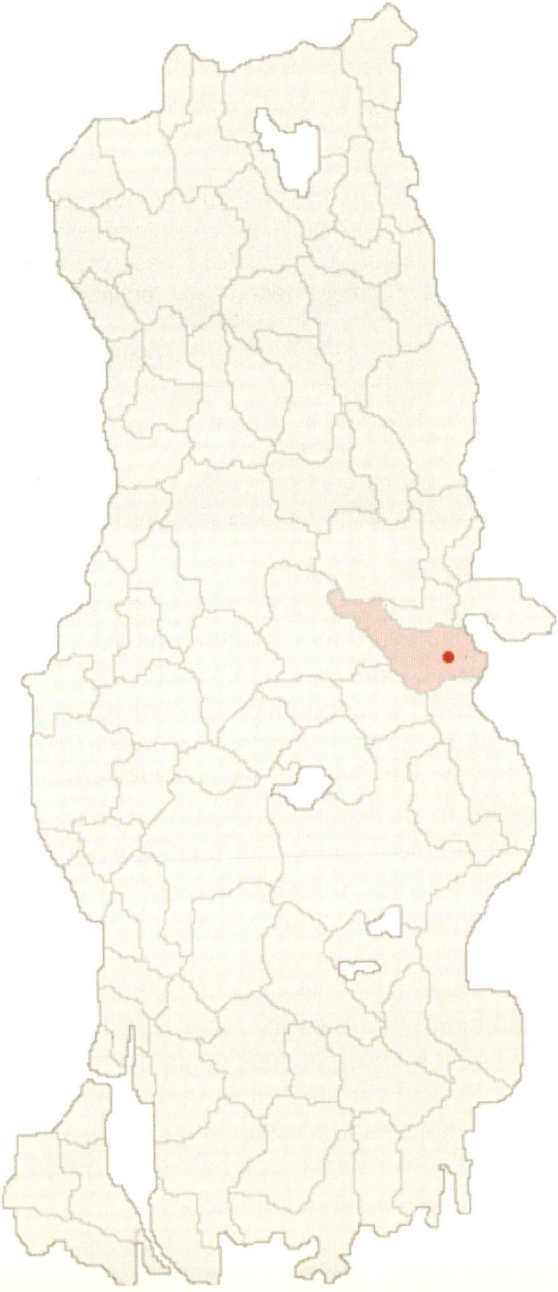

Yasemin Sevak, Seyhan - Adana

Adana'yı sıcak henüz kavurmaya başlamamış. En azından rahat nefes alabiliyorsunuz. Çukurova ise tam bir bayram yeri. Yeşilin her tonu Çukurova'dan bizi selamlıyor. Çukurova'ya bir selam attıktan sonra yolumuz Seyhan ilçesine düşüyor. Türkiye'nin yetmiş üç ilinden daha büyük olan Seyhan ilçesi, bir milyon iki yüz bin kişilik nüfusa sahip. Toros İlköğretim Okulu'nda ziyaret edeceğimiz Yasemin Seyhan'ın okula öğleden sonra gittiğini öğrenince planlarımızı değiştirip ev ziyareti yapmaya karar verdik. Seyhan'ın kenarının da kenarında kalan bir mahallede bulduk Yasemin'i.

On dört yaşındaki Yasemin'in ailesi büyük bir sıcaklıkla karşıladı bizleri. Annesine baktım, anne genç, çocuk üç tane. Sordum, Zöhre Hanım şöyle bir iç çekti, "Çocuk yaşta evlendim ben" dedi. Yaş on beş deyince ailesi vermiş Zöhre Hanım'ı Ali Fehmi Bey'e. Daha çocukluğunu atlatamadan Yasemin kucağında, birlikte büyümeye başlamışlar. Yer demir, gök bakır olsa da gönül kapıları açıktı, pastalar, böreklerle karşıladılar bizi.

Vakit kaybetmeden Yasemin ile sohbet etmeye başlıyoruz.

Anne babasının yanında tam bir aile muhabbeti yani. O daracık pencerelere ve güneşi adeta koklayarak alan odalara bu kadar sevginin nasıl sığdığını açıkçası merak ettim. Ali Fehmi Bey ailesine kol kanat germiş, ailesi de Ali Fehmi'ye büyük destek veriyor. Ve mutluluk hali çocukların yüzlerine yansımış.

Babasının ailesine kaynakçılık yaparak baktığını söyleyen Yasemin, küçük kardeşlerine ablalık yapmanın yanı sıra yedinci sınıfta öğrenimini sürdürüyor. Kendisinden bir yaş küçük kardeşi ile aynı odayı paylaşan Yasemin, kırk dört kişilik sınıfta eğitim görüyormuş. Evde başlayan ve sağlam temellere dayanan sosyal hayatı, okulda da sosyal bilgiler dersini sevdirmiş kendine. En çok da tarihi ve geçmişi öğrenmek haz veriyor Yasemin'e. Okulundan konuşurken sesinde heyecanın yanı sıra burukluk da sezinliyorum. "Okulun imkânlarını yeterli görüyor musun?" diye sorduğumda, "Hayır" yanıtını alıyorum. Hatta ilk dönem matematik öğretmeni olmadığı için ders alamadıklarını söyledi. O an anladım ki, biraz da mecburiyetten sosyal bilgileri sevmiş Yasemin. Çünkü matematik dersleri boş geçmiş...

En yakın arkadaşı Merve ile birlikte ders çalışmak Yasemin'in en sevdiği anlar arasında geliyor. Bir de Reşat Nuri Güntekin ve Çalıkuşu... Yasemin defalarca okuduğu bu romanda adeta kendi hayatını buluyor. Çalıkuşu Feride'nin yaşadığı serüven Yasemin'in ilgisini çekiyormuş.

Mersin'de bulunan akrabalarını ziyaret ettiğinde sevinmiş, Tarsus'a gitmek de heyecan vericiymiş Yasemin için. Ama asıl babasının verdiği bir söz yüreğini pır pır etmeye yetmiş de artmış bile. Babası, "Seni anneannene götüreceğim" dediği zaman, "Anıtkabir'e de gider miyiz baba?" diye sormuş Yasemin. "Evet" demiş başıyla onay verip babası. Yasemin'in duygularını galeyana getiren Ankara seyahatini bir an önce gerçekleştirmesini diledim.

"Barış Manço'yu görmek istiyorum, ama öldüğünün farkındayım" diyen Yasemin, büyünce öğretmen olmak istiyor. Meslek edindikten sonra da tercihini ailesiyle birlikte kalmaktan yana kullanacağını söylüyor. "Anne babama yardımcı olacağım." Yasemin, "Bir gün elime daha büyük bir fırsat geçerse eğitime katkıda bulunur, öğrencilere yardımcı olurum" diye konuşuyor.

Gün ışığını bile taksit taksit görmeye mecbur olan Yasemin, ailesinin çiçeği...

Yasemin aynı zamanda bir abla...

Azize Yiğit, Seyhan - Adana

Yazar Gülsüm Cengiz'in Ahşap Evin Çocukları isimli kitabında anlattığı çocuk hikâyeleri gibi biz de Seyhan'ın her yerinde farklı çocuk hikâyeleriyle karşılaşıyoruz. Yasemin'in evinden çıktıktan kısa bir mesafe sonra başka bir hayata geçiş yaptık. Dumlupınar İlköğretim Okulu'nda Azize Yiğit'le karşılaştık.

On dört yaşındaki Azize Yiğit, beş kardeşli ailenin en büyük ferdi. Seyyar satıcılık yaparak zorlukları aşmaya çalışan cefakâr babasına minnet ve sevgi duyan Azize, büyümüş de küçümüş çocuklarımızdan biri. "Belediye izin vermiyor seyyar satıcılara" diyor. "Bu yüzden babam zor satış yapıyor, ailemizin de başka geçim kaynağı yok" diye sitem ediyor zabıta amcalarına.

İki oda bir salon evlerinde kendisine ait bir odası bulunmasa da, zorlukların yıkamadığı gurur ve azmiyle hayata bakıyor. Kız kardeşiyle birlikte aynı yatakta yatan Azize, sınıfta da otuz sekiz kişiyle eğitim görüyor. En çok Türkçe ve İngilizce derslerini seviyor. Okulunu ve sınıfını çok seven Azize'nin bir değil, tam dört tane çok iyi arkadaşı var. Melda, Hatice, Mihriban ve Gizem. Teneffüs zili çaldığında ellerine bir hikâye kitabı geçirince, değmeyin bu beşlinin keyfine. Fen dersleri boş, müzik bir hoş, ama en güzeli beş arkadaşın boş olmayan muhabbeti.

Eski bir sokak ve ahşap evlerle dolu bu sokaktaki çocukların hikâyesinin anlatıldığı Ahşap Evin Çocukları isimli kitabı sevdiğini söylüyor Azize. Her evde bir hikâye olduğunu söyleyip, kendi evinin hikâyesini anlatmaya başlıyor bizlere.

Anne Vanlı, baba Şırnaklı. Yaşadıkları yer Adana. Üç coğrafi bölgenin bir araya geldiği bir yaşam. Adana'ya taşınalı daha dört yıl olmuş, bu yüzden Doğu ve Güneydoğu'nun durumunu çok yakından biliyor. Adana'ya da alışmak gerek aslında. Tutunmak gerek hayata bir yerlerinden. Azize ise tam ortasından tutunmuş hayata. Geçen yıl yaz tatilinde bir tekstil firmasında çalışmış. Bu yıl da tatil olunca çalışmayı düşünüyormuş.

Geçtiğimiz yıl annesinin bir akrabasının düğünü için Van'a gitmiş. Yolda annesi ile bu konuları görüşmüş. Azize on dört yaşında, annesi Neriman Yiğit on beş yaşında evlenip, on yedi yaşında Azize'yi dünyaya getirmiş. "Benim ailemde erken yaşta evlenenler var, doğru bir şey değil, annem de okusaydı iyi olurdu" diye görüşlerini belirttikten sonra, dayılarının annesini okutmadığını dile getiriyor.

Boğaz Köprüsü'nün üzerine çıkıp hayata öylesine bir gülücük attıktan sonra, Paris ve Mısır'a da gidecek Azize. Adana'nın Seyhan ilçesinden çıkacak bir gün, dünyaya açılacak. Doktor olacak, hem de cerrah. İnsanları iyileştirmek, yardım etmek duygusunu yaşamak için... Gelecekten beklentisi sadece doktorluk, başka bir hedefi yok Azize'nin.

Ekonomik sıkıntı için de ilginç önerileri var Azize'nin. Öncelikle sürekli zam yapıp duran fırıncı abilerinden şikâyetçi. "Ekmek çok pahalı, daha ucuz olmalı" diye ültimatom veriyor büyüklerine. Ardından da "Ben büyüyünce faiz yapmazdım(!) , fakir ve yoksullara gıda ve para yardımında bulunurdum" diye ekliyor.

Türkiye'nin dört bölgesini birleştiren bir yaşam hikayesi; Azize'nin hayatı.

Azize doktorluk hayaline ulaşabilmek için, şimdilik koltuk üzerinde ders çalışmak zorunda

Eylem Gül Yaman, Seyhan - Adana

Son yıllarda büyük göç alan illerden biri olan Adana, Adıyamanlı Yaman ailesine de kucak açmış. Eylem Gül Yaman Çukurova'nın incisi Adana'da umut beslediğimiz çocuklarımızdan biri. On iki yaşındaki Eylem'in üç kardeşi var.

Babası üniversitede okurken siyasetle ilgilenmeye başlıyor ve o günkü karışık ortamdan dolayı okulunu bitirme şansı olmuyor. Neticede üniversiteyi terk etmek zorunda kalıyor. Ekonomik açıdan iyi durumda olmalarına rağmen işleri de bozulunca Adana'nın yolunu tutuyorlar. Adıyaman'da başlayan hikâyenin Adana'da devam eden kısmını ise Eylem'in ağzından dinliyoruz. Lütfiye Çelik İlköğretim Okulu beşinci sınıfta okuyan Eylem Gül, oldukça başarılı bir öğrenci.

Eylem Gül, ticari takside şoför olarak çalışan babasının gurur kaynağı. Tıpkı diğer kardeşleri gibi, babası Zekeriya Yaman'ın güçlü kolları altında hayatını sürdürüyor. Çocuklarını okutabilmek için her türlü fedakârlığı yapacağını söyleyen Zekeriya Yaman'ı düşününce, çocuklarının ne kadar şanslı olduklarını düşündüm.

Her gün gazetelerde, televizyonlarda gördüğümüz yitik hayatları, daha çocuk yaşta para için evlendirilen kız çocukları gözümün önüne getirdim bir an. İster istemez Eylem Gül'e döndüm, "Çok şanslısın Eylem, çok..." dedim.

Evet Eylem Gül çok şanslıydı, çünkü arkasında bir dağ gibi duran babası vardı. Bu bilinç ve düşünceyle Eylem'in geleceği parlak diye geçirdim içimden. Evin oturma odası, Eylem'in yaşam odası. Orada yatıyor, ders çalışıyor, ailesiyle sohbet ediyor ve televizyon seyrediyor. İki göz oda ama kocaman, mutlu bir dünya.

Otuz dört kişilik sınıfının en kısa boylu öğrencilerinden biri olmasına rağmen, sözü geçen ve başarılı öğrencilerinden biri Eylem. Matematik ve İngilizce derslerini seviyor, aslında müzik dinlemeyi de seviyor. Ama müzik dersi öğretmeni olmadığı için boş müzik derslerinde kendi müziklerini yapıyorlar. Sınıf otuz dört kişi olunca karışık bir müzik yayılıyor sınıftan okula. En yakın arkadaşı Nur Seda ile vakit geçirmek ve test çözmekten hoşlanan Eylem, en çok öykü ve hikâye kitaplarını okumaktan hoşlanıyor.

Son zamanlarda ise "İstiklal Marşı" şairimiz Mehmet Akif Ersoy'un büyük eseri Safahat'a merak sardığını belirtiyor. Açıkçası küçücük bedeni ile Eylem'den bu büyük cevabı beklemiyordum. Büyük abilerinin ve ablalarının bile içinde kaybolduğu Safahat'ın içinde huzur bulduğunu söyleyen bir küçük yürek. Takdir ettim Eylem'i.

Sonra kardeşlerini sordum. Okulunda başarılı olan ağabeyinden bahsediyor. Ara sıra yardımcı oluyormuş ona. Ayrıca ağabeyinin yaz aylarında bir dondurmacıda çalıştığını söyledi. Dondurma derken gözlerinin içi gülüyor. Adana gibi sıcak bir yerde dondurma işi yapmak gerçekten iyi bir referans. Gelecekte en büyük hayali öğremen olmak Eylem'in. Göç ettikleri Adıyaman ve çevre illerinde küçük yaşta evlenenlerin olduğunu duyduğunu söyleyen Eylem, "İlgilenmiyorum bu konularla. Örneğin dayımın kızı erken yaşta evlenmiş. Okusaydı ne kadar güzel olurdu, kendisini kurtarırdı" diye konuşuyor.

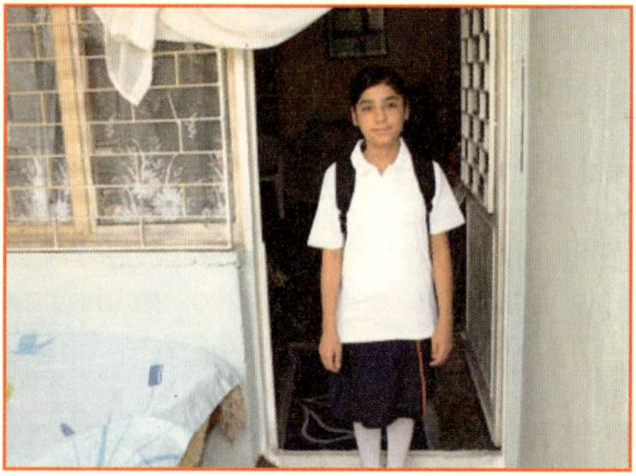

Eylem'in hayallerini öğretmen olma arzusu süslüyor

Aydın bir babanın kızı olan Eylem, ailesinin tam desteğini almış durumda.

Nermin Kabakçı, Seyhan - Adana

Eylem'le konuşmamızdan sonra yine hayat dolu bir kız çocuğuyla görüşmek için yollara düşüyoruz. Adana'nın bu mevsimde de sıcak olduğunu hissetmeye başlıyorum. Güneş tepemizde adeta ben buradayım diyor. Bahçeşehir İlköğretim Okulu'na gidiyoruz. Aradığımız kişi yedinci sınıfta okuyan Nermin Kabakçı.

Nermin anne baba hasretiyle yanıp tutuşan küçücük bir yürek. Anne babası Bursa'nın Mustafa Kemalpaşa ilçesinde Orman İşletme Müdürlüğü'nde ağaç işçisi olarak çalışıyor. Orman İşletme Müdürlüğü anne babasına bir lojman vermiş, amcası ile ailesi burada yaşıyormuş. On üç yaşındaki Nermin'in yüreğinde hep yanık hasret var aslında. Sadece yaz tatillerinde anne babasının yanına gidebiliyor. Bir de paraları olursa yarıyıl tatilinde geliyorlarmış.

Adana'da ise babaannesinin yanında kalıyor Nermin. Üç odalı bir evde yaşıyorlar ve Nermin'in kendine ait bir odası var. Odasında dedesinin hediye ettiği çalışma masası ve dolabıyla da gurur duyuyor aslında Nermin. Çünkü çalışkanlığından dolayı dedesi ödül olarak vermiş bu masa ve dolabı ona. Bu yüzden ne zaman dirseklerini bu masaya dayasa daha bir gurur duyuyor kendisiyle.

Nermin, okula yürüyerek gidip geldiği zamanlarda kendiyle daha fazla baş başa kaldığını söylüyor, işte o zamanlarda anne babasını daha çok özlüyormuş. Okula ulaştığında ise hasret yerini sevince bırakıyor. Okulu, öğretmenlerini ve arkadaşlarını bu kadar çok seven bir öğrenciye az rastlanır herhalde. Şiir ve kompozisyonda çok başarılı olduğunu söyleyen Nermin'in kaçamak hayalleri var aslında. Aslında kaçamak demek doğru değil, babananneden kaçak hayaller. "Tiyatrocu olmayı çok istiyorum" dese de, babaannenin şiddetli bir itirazı var bu mesleğe.

Olsun, Nermin de en yakın arkadaşları Kübra ve Fadime ile tiyatro çeviriyor kendi dünyasında. Birlikte geçirilen kaliteli zamanlar ve tadının uzun yıllara yayılmasını diledikleri bir dostlukları var.

Hayatı pembe yüzüyle görmekten hoşlanan ve ona göre yaşayan Nermin, komik ve heyecanlı kitapları okuyor. İlk okuduğu kitabın Alice Harikalar Diyarı'nda olduğunu söyleyen Nermin'in şimdilerde okuduğu kitap ise edebiyat dünyasının en güzel eserlerinden biri olan Tolstoy'un İnsan Neyle Yaşar isimli kitabı.

Âşık Veysel'i, Yavuz Bingöl'ün türkülerinde kaybolmayı seven bir çocuk Nermin. Anne şehirdışında olduğundan ev işlerine de yardımcı aynı zamanda. Paris'e gitme rüyasını hep aklının bir köşesinde tuttuğunu söyleyen Nermin, İstanbul ve Ankara'yı görmek istemiyor. Kalabalıkta insanların mutluluklarını da kaybettiğini düşünüyor.

Annesinin on beş yaşında babasına kaçtığını biliyor. "Peki sen de kaçacak mısın?" diye soruyorum. Erken yaşta evliliği kabul etmediğini söylüyor. Bir de ekliyor sonuna: "Annemi ve babamı da çok seviyorum. Ama babam bana çok güveniyor. Eğer böyle bir şey yaparsam bana küser. Ben onu çok seviyorum, üzmek istemem" diyor.

Adana'nın yakıcı sıcağı başımızın üstündeyken Nermin, küresel ısınma ile ilgili de birkaç cümle söylüyor: "Gelecekte bize su yetecek mi diye ciddi ciddi düşünmeye başladım. İnsanlar çok fazla elektrik harcıyor, bu da küresel ısınmaya sebep oluyor. Elektrik harcamalarını azaltmak gerekir" şeklinde konuşuyor.

Nermin dedesinin hediye ettiği çalışma masasında zevkle derslerini çalışıyor.

Nermin sınıfında ders anlatırken...

Bodrum

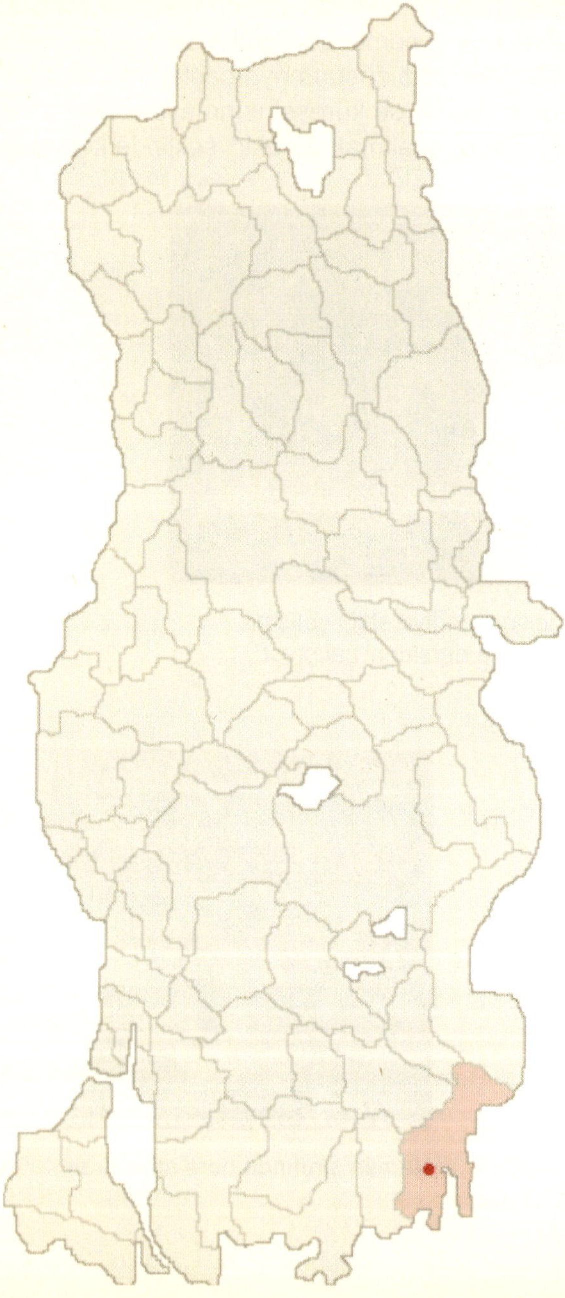

Burcu Kurt, Görece - Bodrum

Türkiye'nin batısında yer alan Bodrum'da da kız çocuklarının eğitim haklarının kendilerine iade edilmesi gerektiğine inanıyorduk. Bu inancımızı ortaya koyarken, fakirliğin ve çocukların okula gönderilmeme sorununun bütün Türkiye'de geçerli olduğunu biliyorduk. İlkbahar aylarının sonuna doğru ilerliyorduk. Yani bildiğimiz Bodrum manzaralarına çok az bir zaman kala soluğu Bodrum'da aldık. Mayıs ayının sonlarına doğruydu, sabah saatlerinde Bodrum'a varmış olmamıza rağmen havanın sıcak olacağı belliydi. Havalimanından Bodrum'un şirin beldesi Ortakent'in yolunu tuttuk. Çağdaş Yaşamı Destekleme Derneği Bodrum Şubesi çalışanlarından Gülhan Karatay ile buluştuktan sonra da bir müddet yolculuğumuza devam ettik. Bodrum tüm beyazlığı ve albenisiyle bizi sarmalarken, Bodrum'un bu kadar yeşil olduğunu bunca yıldır fark etmediğimi hissettim. Deniz kenarlarında yaşanan ışıltılı dünya ve gece hayatının renkliliğiyle nam salan Bodrum'un öteki yüzüyle tanışmak bugüne nasip olmuştu. Benliğimde yer bırakacak izlenimler edineceğimi biliyordum. Bu düşüncelerle Ortakent'te bulunan Dr. Mümtaz Ataman İlköğretim Okulu'na vardık. Okul Müdürü Mehmet Bey bizi sıcak bir şekilde karşıladı. Eğitimlerine destek

verdiğimiz bin kız çocuğundan sadece üçü bu okulda öğrenim görüyordu. Onlar neler yapıyor, nasıl yaşıyor, dersleri nasıl, arkadaşları kim, onları öğrenmek istedik.
İlk olarak Burcu'yu tanıdık. Soyadı Kurt olsa bile aslında kuzu gibi sessiz ve sakin yaklaştı bizlere. Çekimser, ağzında söyleyecek lafı yok sanıyorduk önce. Ama daha sonra attı ürkekliğini üzerinden. Evine doğru giderken biraz sonra yapacağımız koyu sohbetin ilk ısınma turlarını atıyorduk. Eve geldiğimizde anne Fatma Kurt'u bulamadık. Fatma Hanım aile bütçesine katkıda bulunmak için çocuk bakıcılığı yapıyordu ve geldiğimizi öğrenir öğrenmez soluk soluğa yanımıza geldi.

Burcu da çocuktu aslında, annesi onunla daha fazla ilgilenebilirdi diye düşündüm bir yandan. Ama ekonomik şartlar demek ki bunu gerektiriyordu. Böylelikle daha çok takdir ettim Fatma Hanım'ı. Ha, bir de unutmadan diğer bütün arkadaşlarım arasında tek çocuklu bir aileyle görüşen tek kişiydim herhalde. Ailemin tek çocuğu olduğum için Burcu'nun el bebek gül bebek büyütülmesini ve ilgi odağı olmasını en iyi anlayanlardan biriyim.

Tek oda ve tek salondan oluşan evde Burcu aslında çok şanslı. Çünkü kendine ait bir masası ve okul kitapları var. Bahçesinde gülleri ve çok daraldığı zaman ufuklarına bakıp kaybolduğu bir deniz... Yirmi iki kişilik sınıfta öğretim gören Burcu Kurt, sıcak bir Ege gününde dünyaya gelmiş. İnşaatlarda işçilik yaparak ailesini geçindirmeye çalışan babası Şerafettin Kurt'un umudu aslında. Kızı Burcu okuyacak ve ülkesine hizmet eden iyi bir yurttaş olacak. Burcu'nun en sevdiği ders önceden matematikmiş, ama şimdilerde favori dersi Türkçe. "Neden böyle bir değişiklik yaptın Burcu?" diye sorduğumuzda, "Matematik dersleri giderek zorlaşıyor. Epey yoruluyorum bu derslerde, Türkçe ise beni dinlendiriyor. Yazarların ve şairlerin dünyasında kendimi iyi hissediyorum" diye cevap aldık. Okulun bahçesini ve bulunduğu konumu çok sevdiğini söyleyen Burcu, bölgeler arası gelişmişlik farkına örnek sayılabilecek bir konuyu açtı. Sosyal etkinlikler konusunu görüşürken, daha fazla sosyal aktivite yapmak istediğini belirtti. Burcu, eğlence dünyasının başkenti sayılan Bodrum'da, okuldaki etkinliklerin yetersiz kaldığını söyledi. Türkiye'nin diğer illerini dolaşan arkadaşlarım arasında kimsenin böyle bir cevap alamayacağını adım gibi biliyordum. En yakın arkadaşı Sinem ile dertleşmekten keyif aldığını söyleyen Burcu, müzik dinleyip, televizyon seyredip, bir de Fenerbahçe'yi konuşmaktan hoşlanıyor. Bir Galatasaray taraftarı olarak "Ne olacak bu Fenerin hali?" diye soruyorum. Burcu'nun küçücük dünyasında bir hayal kırıklığı yaratmışım gibi kafası önüne düşüyor ve "Geçecek bunlar, şampiyon olacağız" diyor. Aslına bakarsanız on üç yaşındaki bir kız çocuğunun ağzından çıkan "dertleşmek" kelimesine takılı kalmıştım. Dertleşmek, derdi olan insanların yapacağı bir eylemdir. "Derdiniz çok mu Burcu?" dedim. "Yok" dedi. Ama sınıftaki diğer arkadaşlar ve onlarla yaşadıkları olayları konuşuyorlarmış. Sinem ve Burcu iki sırdaş. "Dertleşmeyin" dedim onlara. "Konuşun, konuşmak sizi geliştirir, dertleşmek ise üzer" dedim. Genç kızları fazla zorlamak istemedim. Malumunuz, onlar daha aşk nedir, sevgi nedir, etkileşim nedir bunları da keşfetmeye çalışıyorlar. "Başka neler yapıyorsunuz?" sorusuna ise Burcu yaşıtlarına benzer yanıtlar verdi.

Burcu'yla sohbetimize devam ederken kitap okuyup okumadığını sorduğumda Sami Paşazade'nin Sergüzeşt kitabının özetini okuduğunu söylüyor, bu kitap aynı zamanda Burcu'nun en sevdiği kitap olmuş. Kitap okumak Burcu'nun futbol ve voleyboldan sonra en çok sevdiği iş, meşgale olduğunu ifade ediyor. Okuldaki arkadaşları ile futbolu bahçelerde zevk için oynarken, voleybolu okul takımında oynuyormuş. Ancak ne yazık ki takımları başarılı değilmiş.

İstanbul ve çevre illerdeki okullar için Çanakkale'yi görmek çok olağanüstü bir durum değilken, Burcu'nun en çok görmek istediği yerlerden birinin Çanakkale olduğunu öğreniyoruz. Çanakkale'den sonra Karadeniz'i görmek istediğini söylüyor bize. Ailesi Karadenizli olduğu için sanırım.
Sakin kişiliği ile sohbetimize devam ederken Burcu'nun gelecekte hangi mesleği seçeceğini sordum ve aldığım cevap karşısında

bir an irkildim. Çünkü kendisini maceracı ve araştırmacı olarak tanımlıyordu. Böyle olunca da seçeceği meslek belli: Polis... "Vatanıma ve milletime hayırlı ve dürüst bir fert olmak istiyorum. Üniversite yerine polis akademisine gideceğim ve iyi bir derece ile mezun olacağım" diye kesin bir dille konuşuyor. Polis olduktan sonra dört bir yanımızı saran suç ve çetelerle mücadele edeceğini, temiz bir toplum için hizmet edeceğini söylüyor Burcu. Konuşmamızın sonraki bölümlerinde ise ikimiz de birazcık hüzünlenip ironi yaşıyoruz. Burcu'nun en çok tanışmak istediği ünlüleri sorduğumda; "Barış Akarsu ile tanışmak isterdim, ama maalesef artık mümkün değil" sözleri boğazında düğümleniyor. İçimi hafiften bir hüzün kaplıyor. Barış Akarsu ve Burcu. Barış yaşasaydı Burcu'nun en büyük dileği gerçekleşmiş olacaktı. Burcu'nun dileği gerçekleşseydi, Barış yaşıyor olacaktı. Bir an ikimiz de susuyoruz ve suskunluğu bozan ben oluyorum. "Başka kimlerle tanışmak isterdin?" diyorum. Burcu'nun dudaklarında hafif bir gülümseme beliriyor ve "Keremcem ve Gökhan Özen" diyor.

Ankara'nın doğusunda yaşanan ve aslında Türkiye'nin en büyük sorunlarından biri olan erken yaşta evlilik Bodrum'da ve Burcu'nun çevresinde tanınmıyor bile. Evlilik konusunda sohbet edelim derken, Burcu bize çok net bir cevap veriyor: "Ben evlilikle çok fazla ilgilenmiyorum, düğünlere falan da katılmıyorum" diyor. Aslında içten içe gülümsüyorum. Ben erken yaşta evliliği kastetmiştim ama, "O düğünlere bile katılmıyorum" demişti. Yani Türkiye'nin doğusunun problemi batıya uğramamıştı bile. Buna sevinmiştim aslında. Bu konuyu birazcık deşmeye karar verdim. Çevrende senin yaşında evlenen kimseyi tanıyor musun? Burcu, yüzüme baktı garip garip. "Bizim buralarda erken yaşta evlenilmez. Doğu ve Güneydoğu'da erken yaşta evlenenleri duydum, ama çevremde kimseden duymadım" dedi. "Peki ailenin bu konuda düşüncesi ne, senin erken yaşta evlenmeni isterler mi?" diye sorduğumda ise Burcu'nun cevabı yine çok net ve açıktı: "Hayır!"

Her istediğini yapabilme gücü olan bir yönetici olduğunda Burcu'nun yapacağı işleri sorduğumuzda ise, "Kahvehanelere kütüphane kurabilirdim, çevreye daha fazla çöp bidonları koyardım" cevabını alıyoruz. Burcu çevresine duyarlı bir kız, büyüyecek, okuyacak ve yurduna hizmet edecek.

Burcu da aslında bir çocuk, ama hayat şartları annesinin çocuk bakıcılığı yapmasına sebep oluyor...

Burcu Keremcem ve Gökhan Özen'le tanışmanın hayallerini kuruyor...

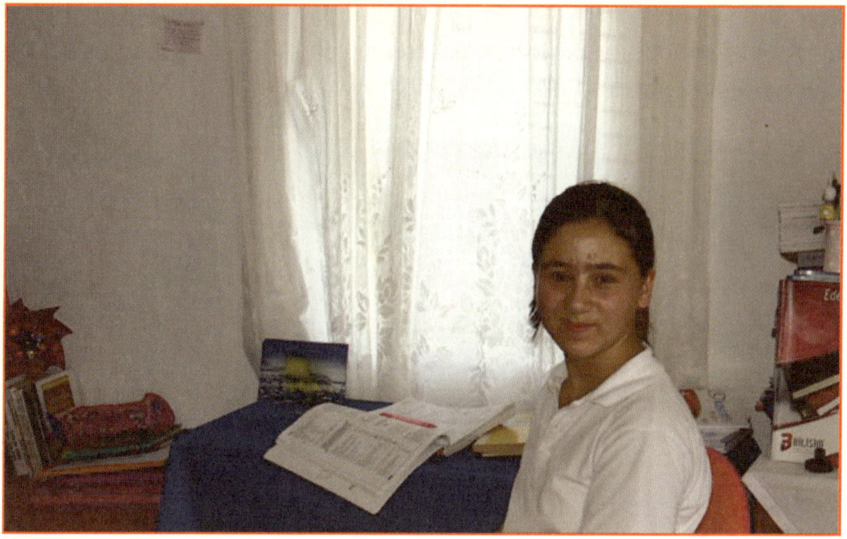

Eda Akbayır, Yakaköy - Bodrum

Burcu'nun ardından bir sonraki durağımız Yakaköy'de yaşayan Eda Akbayır'ın evi. Eda'nın bir ablası ve bir de küçük kardeşi var. On iki yaşındaki Eda da Ortakent Dr. Mümtaz Ataman İlköğretim Okulu öğrencisi. Ablası Dilek ve kardeşi Hande ile birlikte büyüyen Eda, 28 ekim 1995 tarihinde Ankara'da dünyaya gelmiş. Akbayır ailesi, Türkiye'nin başkentinden eğlencenin başkentine taşınalı beş yıl olmuş. Eda'nın babası Yalıkavak'ta bir fırında şoförlük yaparken, annesi evhanımlığı yapıyormuş. Zaten Edalara vardığımızda camlardan buram buram temizlik kokusu geliyordu. Eda belki de birçok arkadaşına göre şanslı olan çocuklardan, iki oda bir salon evlerinde kardeşleriyle paylaştığı oda kocaman. Üç kardeşin kendine ait yatağı ve çalışma masası var.

Eda'nın dersleri çok iyi, öğretmenleri ve ailesi çok memnun. Annesi sohbete başlamadan araya giriyor ve Eda'dan yana dert yanıyor bize: "Eda hiç ders çalışmıyor, ama aldığı notlara bakıyoruz, çok başarılı. Anlamıyorum bu işten" diyor. "Demek ki, Eda dersi derste öğrenen çocuklardan" deyip görüşmemize devam ediyoruz. Okula gidip gelirken servisi kullanan Eda'nın yolu sadece yedi sekiz dakika sürüyormuş.

En sevdiği dersi sorduğumuzda hemen Türkçe ve İngilizce olarak cevap verdi. Dil konusuna yatkınlığını düşünürken, üslubuna daha fazla dikkat ettiğimi hissettim. Gerçekten de Eda çok akıcı ve kendini iyi ifade eden bir Türkçeyle konuşuyordu. Notlarının en yüksek olduğu ders de Türkçe zaten. Kendini bu kadar iyi ifade eden bir kız çocuğu karşımızda bulunca, eğitim öğretimdeki sorunlardan bahsetmeye başladık. Eda başladı anlatmaya.

Aslında eğitimin sadece sınıflarda olmadığından tutun da, laboratuvar eğitiminin önemi ve araç gereç kullanımına kadar geniş bir yelpazede sohbet ettik. Sonuçta Eda da tıpkı Burcu gibi okulun sosyal faaliyetlerinin azlığından yakındı. Okulun folklor kursu olduğunu, ancak üçüncü, dördüncü ve beşinci sınıfların kursa katılabildiğini anlattı. "Peki okul yönetimi sence ne yapmalı?" diye sorduğumuzdaysa şöyle konuştu:

"Benim bu konuda bir önerim var. Mesela büyük bir park önerebilirim. Bu parkta herkes eğlenebilir. Aslında okulun yanında bir park var ama kurallar gereği bizim oraya gitmemiz mümkün değil."

En samimi arkadaşının Zeliha olduğunu söyleyen Eda, onunla kardeşinin hafta sonundaki folklor gösterilerine gidiyorlarmış. Bir de en samimi iki arkadaş şiir kurslarına katılmaktan büyük memnuniyet duyuyormuş. Okulun kantinini ise sosyalleşme açısından önemli bir yer olarak görüyor Eda. En sevdiği arkadaşı Zeliha ile, bir gün önce neler yaptıklarını, sırlarını ve maceralarını kantinde paylaşıyorlarmış.

Eda'nın birçok arkadaşı var ama onun sevdası bilgisayar. Özellikle bilgisayarda oyun oynamaya bayıldığını söylüyor. İyi bir gözlemci olduğumu söyleyebilirim. Evde bilgisayar görememiştim. İçimden internet kafeye gidiyor herhalde diye düşünürken, dudaklarımdan düşüncelerimin taştığını fark ettim. Hafta sonları ve tatiller dışında Eda'nın bilgisayara dokunması, bilgisayarın da Eda'ya görünmesi yasaklanmış. Eda'nın dizüstü bilgisayarı varmış ve derslerini aksattığı için ailesi internet bağlantısına izin vermiyormuş. Bilgisayar aşkı bu kadar derin olunca; kitap, gazete ve dergi okuma alışkanlığı olmasını beklemiyordum zaten Eda'da. Nitekim dediğim de çıktı. Kitap okumak Eda için zorunluluk aslında. Cuma günleri okulda yirmi dakika kitap okuma dersi varmış ve onun dışında çok nadir olarak evde okuyormuş.

Her ne kadar bize öyle hissettirse de Montaigne'nın Denemeler kitabını çok seviyormuş Eda. Bu cevap bize derinliğini gösteren bir işaret oldu. Kitapta kendini bulduğunu söylüyor, yanlızlık, akıl ve düşünce sistematiğiyle ilgili anektodlar belli ki Eda'nın ilgisini çekmiş.

Eda'nın tatilleri aslında Almanya'daki dayısının gelişiyle başlıyor. Gözleri ışıldıyor tatil deyince. Hemen ardından ekliyor: "Dayım ve kuzenlerim Almanya'dan geliyor. Dayımların Bodrum Gündoğan'da yazlıkları var. Tatilde oraya gidiyoruz, kuzenlerimle orada vakit geçiriyorum. Oradaki arkadaşlarla havuza girip eğleniyoruz" diye konuşuyor. "Büyünce yurtdışına gidecek olsan ilk nereye gidersin?" diye sorduğumda ise, "Almanya ve Amerika" yanıtını alıyorum.

Eda'nın gözlerinde çocukça bir gülümseme var. Gözlerinin içi alabildiğine masum ve bu masumiyet seçeceği mesleğe de yansımış. "Gelecekte anasınıfı öğretmeni olmak istiyorum" diyor Eda. Küçük çocuklarla ilgilenmek ve onlara yeni bilgiler öğretmek, çocukça dünyasının en büyük hayali aslında. Bir de İsmail YK var hayalleri arasında. Onunla tanışmayı ne kadar çok istiyor bir bilseniz.

Eda'nın geçmişte kurduğu hayallerini tiyatrocu olmak süslüyor olsa da, eğitim sisteminin değişmesiyle bu meslekten vazgeçtiğini söylüyor. Anadolu Lisesi'nde okumayı, çocuklarla ilgilenmeyi ve bilgisayarıyla daha fazla zaman geçirmeyi istiyor Eda. Bunları söylerken, annesinin de duyacağı bir ses tonuyla hınzırca bir çağrıda bulunuyor: "İnternet bağlantımı da geri istiyorum" diyor biraz serzenişle.

Eda çevresinde kendi yaşıtlarının evlendirildiğini hiç duymamış. Böyle bir olguya yabancı. Ama bu konuda büyük düşünceleri var yine de: "Türkiye özgür ve bağımsız bir ülke. Kız çocuklarını Anadolu veya Güneydoğu Anadolu'da küçük yaşta evlendiriyorlar, buna kesinlikle karşı çıkardım tabii ki." Çocukların tarlalarda çalıştırılmasına, emeklerin sömürülmesine karşı çıktığını söylüyor gür bir sesle. Daha sonra her çocuğun özgür olduğuna inanmamızı öğütlüyor ve bütün gereksinimlerini karşılama hakkı olmalı diye sözlerine ekliyor.

Sevgi dolu sesi ve yüzünde büyüyen gülümsemesi ile Eda, yaşıtlarına "Okuyun, daha fazla okuyun" diye tavsiyede bulunuyor. Bir de Metro ailesine mesaj gönderiyor: "Bana verdiğiniz destek için çok teşekkür ederim, iyi ki varsınız, burada olsanız hepinizi teker teker öpmek isterim."

Eda'nın annesinin ev işlerine yardım etmeyi sevmiyor...

Fatma Bahadur, Ortakent – Bodrum

Dr. Mümtaz Ataman İlköğretim Okulu'nda görüşeceğimiz son öğrencimiz Fatma Bahadur. Fatma'nın beş kardeşi var ve bu kitabı okurken muhtemelen onun iki kardeşi daha olacak. Biz Fatma ile tanıştıktan sonra Fatma'nın annesinin karnından iki küçük kardeşi de ara sıra sohbete katıldı. Gerçi sözlü bir katılım değildi bu ama annelerini tekmeleyerek tepkilerini ortaya koydular. Beş kardeşin iki göz odalı bir yerde yaşadıkları yetmiyormuş gibi, şimdi iki kardeş daha katılıyor aralarına. Fatma'nın babası boya işiyle uğraşıyor, annesi ise evhanımı. Yaşadıklarını evin durumu maalesef çok iyi durumda değil. Diğer arkadaşlarının çekirdek aile olarak yaşadıkları evde Fatma ve ailesi şimdilik yedi kişi yaşıyor. Bir süre sonra dokuz kişi yaşamak zorunda kalacaklar. Çoğu zaman evde ders yapacak yer bulamadığından yakınıyor Fatma: "Yerde, kıyıda köşede, işte öyle" diyor boynunu bükerek. Söyleyenecek söz çok, ama ne yeri, ne de zamanı. Türkçe ve fen dersleri Fatma için eğlenceli geçiyormuş. Özellikle bu iki derse girmeden hazırlık yaptığını söyleyen Fatma'ya öğretmenleri de ilgi gösteriyor. Fatma da okulundaki etkinliklerin azlığından şikâyetçi, geçen sene haricinde tüm 23 Nisan etkinliklerine katılmakla övünüyor. Aslında

Fatma ile konuşurken kelimeleri ağzından zorla alıyoruz. Bir cümle alabilmek için ağzından, bazen on cümle kurmamız gerekiyor. Onu rahatlatmak için çeşitli konularda sohbet ederken, boya yapmayı çok sevdiğini söylüyor. Ama babası gibi boyacılık değil, o resme meraklı.

Hayatının uzun ince bir yol olduğunun farkında olan Fatma, ünlü halk ozanı Âşık Veysel'e hayran. Onun dizelerinde ve sesinde mutlu olduğunu söylüyor. Denize gitmeyi, o maviliği seyretmeyi ve imbat karşısında kitap okumayı hiçbir şeye değişmeyeceğini söyleyen Fatma, Mardinli. Ailesi Mardin'den yıllar önce göç etmiş. "Memleketini merak ediyor musun?" diye soruyorum. "Evet" diyor. İstanbul ve Mardin Kızıltepe'yi ziyaret etmeyi çok istiyormuş. "Doktor olacağım, insanlara sağlık kazandıracağım" diye sözlerini sürdüren Fatma Bahadur, birçok genç kızın aksine hiçbir ünlüyle tanışmak istemediğini ve onları beğenmediğini ifade ediyor.

"Gelecekte ne olmak istersin?" diye soruyoruz Fatma'ya. "Bilmem" diyor. Lise diyoruz, üniversite diyoruz. "Olur, okurum" diyor. Fatma başıyla sonuyla bir göç hikâyesi aslında. Onun hikâyesi yüz binlerce Fatma'nın da hikâyesi aslında. Ama izin vermedi o dünyanın içine girmemize. Bu hikâye benim ve yalnız yaşamayı tercih ediyorum dedi kendince.

Bize saygı göstermek düşer. Biz Fatma'nın hikâyesinin mutlu bitmesini diledik, o da bize teşekkür etti. Asıl biz sana teşekkür ederiz Fatma, dileriz her hayalin gerçek olur.

Anne babam ile otuz iki buçuk yıl önce ilk kez Bodrum'a gittiğimde neler hatırlarsın diye sorsanız, emin olun hiç cevabı veririm. Çünkü o zamanlar kundaktaki bir bebektim. Ama bu ziyaretlerden sonra her şey çok farklı olacak. Ömrüm vefa ederse, otuz iki buçuk yıl sonra ne hatırlayacağımı soracak olursanız, size Burcu'nun "dertlerini", Eda'nın "gözlerindeki gülümsemeyi" ve Fatma'nın "göç hikâyesini" anlatacağım. Belki çok şey gibi gelmiyor gözünüze ama üç hayat öğrendim ve onlara dokundum.

Fatma'nin sevimli kardeşi ablasının resmini çekerken bizi hiç yanlız bırakmadı.

Bodrum güzel bir tatil beldesi, tabii ki gücü yetenlere...

Bursa

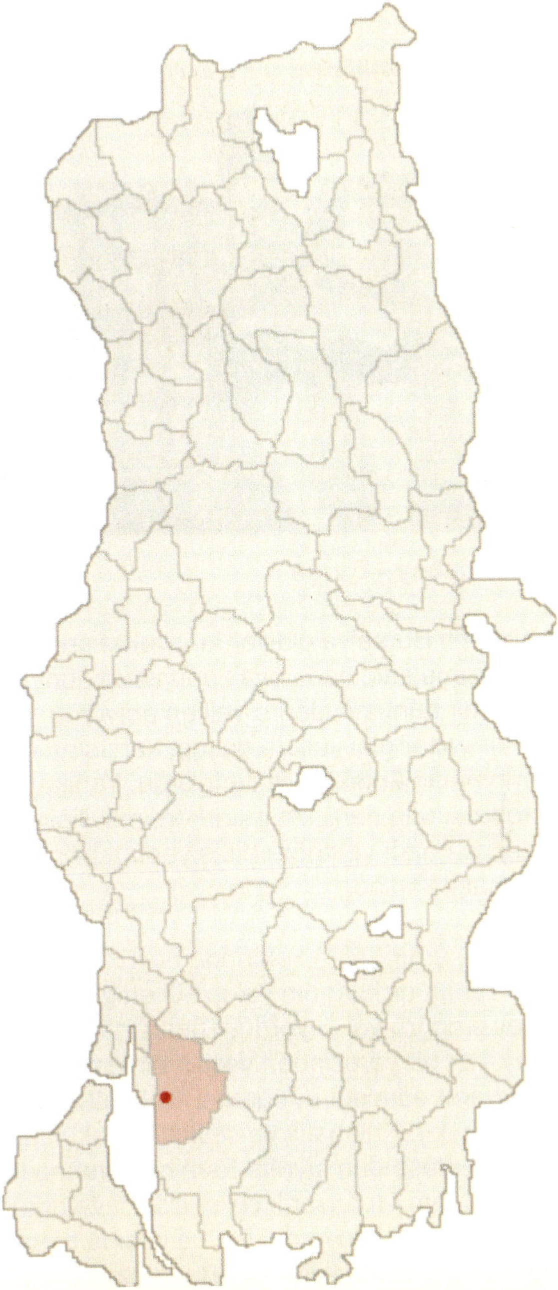

Esra Haykır, Karacabey - Bursa

Türkiye'nin yeşil kenti Bursa'ya gidiyordu, avukat arkadaşımız Seda Sunat. Mahkeme salonları veya kanunların dünyasından sıyrılıp bambaşka bir dünyaya doğru yelken açıyordu. Mesleği avukatlıktı ama bir yazar gibi yollara düşüp, karşısına neler çıkacağını bilememenin ürkekliğiyle ilerliyordu. Yenikapı'dan bindiği deniz otobüsü ona denizleri aşırırken, maviliğin sükûtunda dinlendirdi benliğini. Farklı ve doğru bir iş yaptığı bilinci yavaş yavaş bütün bedenini kapladı.

30 Ağustos zaferinin ardından arkalarında büyük bir toz bulutu bırakarak kaçan Yunan ordularının yakıp kül ettiği, "bey"lerin vatanı Karacabey'e doğru yol alıyordu. Yunan'ın eziyetini silip atmış Karacabey, her bir yöresinden yeşilin binlerce tonu kendini gösteriyor. Ziyaret edeceği ilk öğrenci 14 Eylül İlköğretim Okulu'ndan Esra Haykır. Kalabalık ve sevimli bir okulda, meraklı yüzlerce öğrencinin arasından sıyrılıp Esra'nın sınıfına ulaşmayı başardılar. Esra sınıfının en başarılı öğrencisiydi ve arkadaşlarının ibretli bakışlarına muhatap oluyordu. On üç yaşına basacaktı Esra, sabırsızlıkla doğum gününü bekliyordu. Boyu uzun olduğu için

ailesi okula erken yazdırmış. Şimdi okulunu erken bitireceği için çok mutlu.

Üç kız kardeşin en büyüğü olan Esra, abla olarak sorumluluklarının bilincinde. Küçük kardeşi de kendisi gibi başarılı bir öğrenci. En küçük ise okula yeni başlayacak. Esra'nın yolundan gidecek o da... Okul yollarında rehberleri abla Esra Yakar. Esra okulda bu kadar başarılıyken hayat hiç istemediği sürprizlerle karşılamış onu küçük yaşta. Babasının vefat ettiğini söylerken bakışlar hüzünlü ve kaçamak. Kaçırıyor gözlerini belli ki, körpe yüreğinde babayı kaybetmenin acısı kor gibi yanıyor. Kısa hayatındaki en büyük acıyı iki kelimeyle özetliyor: "Vefat etti..."

Kasaplık yapıyormuş Esra'nın babası. Kasap ama sevgi dolu bir insan. Ölümü ise tam Türkiye'de yaşanabilecek bir çarpıklığın işareti. 300 YTL için hayatını kaybetmiş Esra'nın babası, alacaklısı 300 YTL için Esra'yı yetim bıraktı. Katili ise 300 YTL için mahpus damlarına düştü. Esra'nın annesi anlatıyor bu dramı bizlere. Esra'yı bu hüzünle bir kez daha yıkmamak için konuyu değiştirip okul hayatından konuşuyoruz.

En çok resim yapmayı seviyor, ama en neşeyle katıldıkları ders herhalde Türkçe. Çünkü Türkçe dersinden bahsederken gözlerinin içi gülüyor. Türkçe öğretmenleri Emrah Bey'i çok seviyorlar. Genç ve uzun boylu öğretmenleriyle ders yapmak onları oldukça mutlu ediyor. Matematiğin kolay üniteleri Esra'nın diğer sevdiği dersler arasında geliyor. Çocukça bir edayla avukat arkadaşımız Seda Sunat'a sınıflarında beş altı çocuğun çok yaramazlık yaptığından şikâyet ediyor.

Okul hayatı gerçekten de çok önemli Esra için, sınıf başkanı Betül ve en iyi arkadaşı Özlem hayatında ayrı bir öneme sahip. Sınıf başkanı Betül'e iyi davranışlarından dolayı teşekkür ediyor. Okul dışında da pazartesi günleri bir araya gelip test çözüyorlarmış. Resim kâğıtlarını koparıp cama yapıştırarak kendilerine tahta yapıyorlarmış. Camdan tahta önünde yapılan bu etütlerde sınıfın başarılı öğrencilerinden Naime, diğer arkadaşlarına anlamadıkları konular hakkında tekrar hatırlatmalarda bulunuyormuş. Başarının böyle geldiğine inanıyor Esra.

Tatillerde ise bütün gizemiyle keşfedilmeye aday bir dinlenme yöresi olan Boğaz'a gittiğini söyleyen Esra, en çok sabahları fırından gelen mis gibi ekmek kokusunu sevdiğini söylüyor. Bir de dedesinin verdiği şekerlerin tadını çok seviyor. Türkiye'nin tatil beldeleri Esra için ayrı bir önem taşıyor. Seviyor o yöreleri, ama kalabalığını değil. O kalabalıkları oluşturan insanların gürültüsünü ve sahte parlaklık hiç ilgisini çekmiyor. Denizin mavisi, ormanın yeşili ve tabiatın en güzel nimetlerinin buralarda olduğuna inanıyor. Yani doğallığı seviyor Esra.

Gelecek konusunda kararını tam olarak vermiş değil, ama moda tasarımcılığının biraz ağır bastığını söylüyor. Esra'nın diğer gözde meslekleri ise Türkçe öğretmenliği ve hemşirelik. Tarkan ve Gülben Ergen'in şarkılarını çok beğenen Esra, ünlü sanatçı Tarkan'a da bir gönderme yapıyor: "Eskiden şarkıların daha güzeldi."

Esra, daha yirmi dört yaşındayken, lise birinci sınıftan bir kız kaçıran halasının oğlunun yaptıklarını tasvip etmiyor. Kızmış hatta, onlara konuşmuyor bile, Ender Abisi'nin bu evlilik yüzünden hapislerde yattığını söylüyor. Türkiye'nin geleceği açısından biraz karamsar olan Esra, yavaş yavaş uçuruma doğru gittiğimizi düşünüyor. Ozon tabakasının yok olduğunu, çevrenin kirlendiğini söylüyor. Çözüm olarak ise Avrupa'daki yasaların Türkiye'ye getirilmesini öneriyor. "Avrupa'nın sokakları temiz, o yüzden insanlar ayakkabı ile evlerine giriyor. Evleri hiç pislenmiyor. Ben Türkiye'yi yönetseydim, çevremizi çok temiz yapardım" diye konuşan Esra, "Sular kirli, ormanda kene var. Pikniğe gidemiyoruz, ilaçlıyorlar ama güzel ilaçlama değil bunlar. Sebzeler de hormonlu zaten" diyor.

Esra'nın en büyük derdi ise ardı arkası kesilmeyen sınavlar.

Esra ailenin en büyük kız çocuğu... Babaları hayatta olmasa da mutlu bir yuvaya sahip...

Esra sınıf arkadaşlarıyla birlikte bir ders esnasında...

Semra Karasu, Karacabey - Bursa

Esra'dan sonra yolumuz yine aynı okulda öğrenimini sürdüren Semra Karasu'nun yanına düşüyor. Yurdunu ve ona hizmet etmeyi her şeyden çok istiyor Semra. Atatürk'ün Cumhuriyet kurulduktan sonra ilk olarak on öğrenciyi Avrupa'ya gönderdiğini sosyal bilgiler öğretmeninden öğrenmiş. Bu öğrencilerin eğitimlerini tamamladıktan sonra Türkiye'ye dönmeyişine çok içerlemiş Semra. "Niye orada kaldılar ki?" diye kızarak söyleniyor. Ardından da ekliyor: "Aslında ben mimar olmak istiyordum. Ama mimarların genellikle kendilerini geliştirmeleri için yurtdışına gitmeleri gerekiyor. Ben yurtdışına gitmeyeceğim. Ülkemde kalacağım, anneme ve babama katkıda bulunup ülkeme hizmet edeceğim."

On dört yaşındaki bir kız çocuğunun bu büyük hülyasının her Türk vatandaşına ders olması gerektiğine inanarak sohbeti devam ettirdik. Beş çocuklu bir ailenin tek kız çocuğu olan Semra, otuz iki kilometre uzaktaki Bursa'ya bile hiç gitmemiş. "Yolculuk yapmayı pek sevmem" diyor ama Türkiye Büyük Millet Meclisi'nin görmeyi hayal ediyor.

Okullarında kütüphane ve labaratuvar olmadığını söyleyen Semra, dört yıldır imza kampanyaları düzenlediklerini ve toplanan imzaları belediye başkanlığına göndermelerine rağmen bir sonuç alamadığını söylüyor. Vazgeçmeye niyeti yok Semra'nın, okullarına yatırım yapılıncaya kadar çabalamaya devam edeceğini söylüyor.

Semra yurtdışına gidip okuyan ve daha sonra orada kalan öğrencilere çok kızıyor... O büyüyünce ailesine hayırlı bir evlat olacak!

Ağır ağır çıkıyor merdivenlerden Semra. Yokluktan derme çatma yapılan merdivenler Esra'nın yükselmesine engel değil...

Fehime Şükran Eroğlu, Karacabey - Bursa

Şanlıurfa'dan kalkıp Bursa'nın Karacabey ilçesine göç eden Fehime Eroğlu'nun ailesi yedi kişiden oluşuyor. Fehime'nin babası, geçmişte bir dönem kadrosuz vekil öğretmen olarak çalışsa da şimdi seyyar satıcılık yapıyor. Plastik malzemeler satan babası Bandırma, Bursa, Pazaryeri ve Susurluk gibi yerlere gidip ailesinin geçimini sağlamaya çalışıyor. Aslında en iyi parayı Bandırma'da kazanıyor. Ama kızları çok başarılı olduğu için öğretmenler Bandırma'ya taşınmalarına izin vermemiş. Okul bitince yine bir göç olacak ve bu seferki adres Bandırma.

"Zoru seviyorum" diyerek hayat felsefesini özetleyen Fehime'nin, okulu hakkında bazı şikâyetleri var. Bir başka okulun öğrencilerinin de kendi okullarına transfer olduğunu söyleyen Fehime, "Bizde zaten tek bina var, spor salonu bölündü, kütüphanemiz yok, kitaplar dağıldı, laboratuvarımız tamamen yok olmuş durumda, dört beş sınıf çalışma yeriydi ama artık yok. Eskiden masa tenisi oynanan yer vardı ama artık fareler cirit atıyor orda. Ama okulumuzu her şeye rağmen çok seviyoruz" diye konuşuyor.

Ayşe Kulin, Reşat Nuri Güntekin ve Gülten Dayıoğlu'nun kitaplarını okumaktan zevk alan Fehime, okulunda kütüphane olmadığı için sık sık Halk Kütüphanesi'ne gittiğini söylüyor. Bir yaz tatilinde babasıyla birlikte gittikleri Şanlıurfa'da birçok gözlemi olmuş. Kız çocuklarının okula gönderilmemesi Fehime için büyük bir problem, çünkü onun memleketi olan Şanlıurfa'da bu sorunu yerinde görmüş. Fehime, gördükleri karşısında duygularına hâkim olamamış. "Oradaki çocuklar yoksul, cahilliğe sürüklenmiş. Aşiret büyükleri kız çocuklarının okumasına izin vermiyor. Gördüklerimi bütün arkadaşlarıma anlatıyorum" diyor.

Küçücük yüreğinde soruların cevaplarını bulmaya çalışırken şanslı olduğunu hissetti. Babası başka babalara benzemiyordu, çocuklarının okuması için gecesini gündüzüne katıyordu ve o babasının fedakârlıklarının farkındaydı. Fehime'nin evinde televizyon olmaması dikkatimizi çekiyor. Neden diye soracak oluyoruz. "Ben istedim gitmesini, çünkü televizyon ile alakamız yok" diye cevap veriyor.

Fehime, Şanlıurfa'yı ve oradaki çocukları gördükten sonra çocuk doktoru olmaya karar vermiş. Eğer puanı yetmezse veya kazanamazsa alternatifi de var. Hemşire olacak. Yani nereden bakarsanız hizmet için kendini adamış küçücük bir yürek Fehime'ninki. Şanlıurfa'da neler gördü kim bilir. "Büyürsem çocukların tarla işlerinde çalışmasını yasaklayacağım" diyor.

Köy köy gezip çocukların eğitim hakkını koruyabilecek kadar idealist olduğunu kurduğu cümlelerle anlatan Fehime, "Herkes eğitime destek olmalı, sadece okumak bile yetmiyor, yabancı dil bilmeli, sorunlara duyarsız kalmamalı insan" şeklinde konuşuyor. Fehime, dünyanın güncel sorunlarına karşı duyarsız olmadığının altını çiziyor. Küresel ısınmayı bir tehdit olarak gördüğünden, çevreyi kirletmemenin ve su kaynaklarını korumanın öneminden bahsediyor.

Fehime kardeşi Naime ile birlikte aynı sınıfta öğrenimini sürdürüyor. Her ikisinde de aynı gözler, aynı şartlanmışlık. Hedefleri belli;

yıllardır boyunlarına asılıp kalan makus talihlerini yenecekler. Birbirlerinin sırdaşı iki kardeş, evde olduğu gibi okulda da birlikte. Et ve tırnak gibi deyimnin canlı kanıtı Naime ve Fehime...

Şanlıurfa'dan başlayan Eroğlu ailesinin serüveni, yıl sonunda Bandırma'ya taşınacak...

Fehime ve Naime kardeşler aynı sınıfta okuyor ve birbirlerinin sırdaşı gibi...

Gaziantep

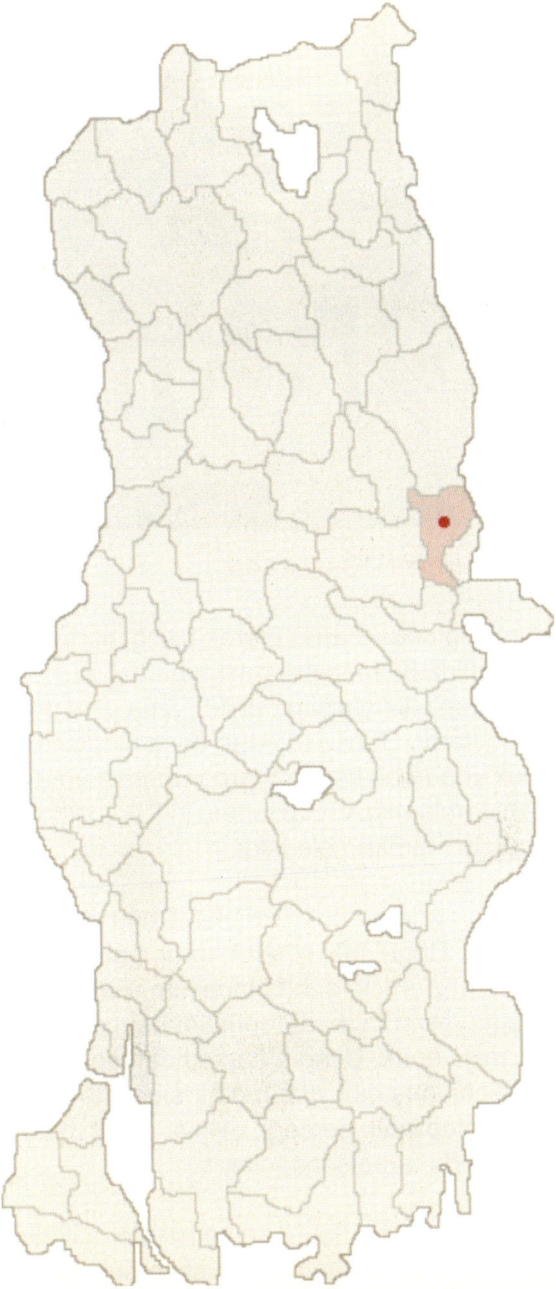

Rukiye Ayhan, Şahinbey - Gaziantep

Hani çoğumuzun Doğu'nun Paris'i olarak bildiğimiz Gaziantep'e gidiyordum. İstanbul'da hava serin, hafif hafif yağmur çiseliyordu. Aslında Gaziantep'e ilk gidişim değildi, ama yine de içimde büyük bir heyecan vardı. Çünkü bundan önce Gaziantep'e iş için gittiğimde çok yoğun bir seyahat programımız vardı ve günü koşuşturmayla tamamlamıştık. Gaziantep'in Paris olup olmadığını keşfetmek bu gezide mümkün olacaktı.

Bir de Türkiye'de son yıllarda çok tartışılan Doğu kavramı ile ilk kez yüz yüze gelecektim. Doğu'daki sefalet, terör, gelir adaletsizliği ve daha nice sıkıntıya gözlerimle şahit olacaktım. Sabah saatlerinde İstanbul'un puslu havasını aşıp, antepfıstığı bahçelerinin üzerinden Gaziantep'e iniş yaptık. Uçağın kapısından adım atar atmaz sanki bir klima çalıştırılmış gibi yüzüme bir sıcak hava üfledi. İşte Doğu'nun ve Gaziantep'in ilk gerçeği... Hava sıcak, bu sıcaklığı hafiletecek giysilerle donanmış insanlar.

Uçaktan iner inmez büyük bir heyecan ve istekle eğitimlerine destek verdiğimiz kızların yanına gitmek istiyorduk. Çağdaş Yaşamı Destekleme Derneği'nin bölgedeki temsilcileriyle buluştuktan sonra Şahinbey ilçesine doğru yol aldık. Havalimanından şehir merkezine doğru gelirken, sitelerin, daha doğrusu eli yüzü düzgün evlerin ve çiftliklerin önünden geçiyorduk. Bu sefer dikkatliydim, hiçbir şeyi kaçırmamak istercesine hafızama nakşediyordum.

Fıstık ağaçlarını gördüm, yeşil yeşil, benim de umutlarımı yeşerttiler. Bu düşüncelerle yola devam ederken, çevredeki evlerin yapısal bozuklukları ortaya çıktı yavaş yavaş. Az sonra tamamen hayal kırıklığıyla karşı karşıya kalmıştım. Bekçi kulübesi bile denemeyecek acemilikte inşa edilmiş ve nasıl becerdilerse üst üsteymiş gibi duran evlerin önünde seyahat ediyorduk. Betondan ve biriketten iğreti bir orman. Oysa orman yeşil olmalı diye iç geçirdim. Tamamı gri ve alelade yapıların içine daldığımızda içimde bir karamsarlık türküsü ki sormayın gitsin.

Beni esir alan duygularla ilk ziyaret edeceğimiz Rukiye Ayhan'ın okuluna gittik. Bu mahallede devletin var olduğuna okulu görünce kanaat getirdik. S. Ulusoy İlköğretim Okulu dış cephesindeki boyası ile adeta "Ben devletim" diyordu, bu boyasız mahalleye. Ve bahçesi çevrede oyun oynanabilecek belki de tek yerdi. Daracık sokaklar ve "ev" diye yapılmış ucubeler, çocukların oyun oynama hakkını elinden almıştı. Devlet var ve çocukların oyun alanı da...

Rukiye bir suskun çocuk. Ağzından iki laf alabilmek için çok zorlanıyoruz. İsmini ve soyadını soruyoruz. "Rukiye Ayhan" diyor. Yaşını soruyoruz on üç diyor ve kestirip atıyor cümlenin gerisini. Ama umudumuz var. "Kaçıncı sınıfa gidiyorsun?" diyoruz, "Yedi" diyor ürkek bir bakışla. Ama devamı yok. Ne soru sorduysak hepsine aldığımız cevap tek kelimeden ibaretti. Utanıyordu arkadaşlarının yanında bizimle konuşmaktan, o yüzden fazla üzerine gitmedik. Çünkü daha çok zaman geçirecektim onunla.

Zaman geçtikçe Rukiye'nin yanında bir rehber(!) ile dolaştığını hissettik. Yol arkadaşı, en samimi arkadaşı, sırdaşı, daha doğrusu her şeyi Pınar'la dolaşıyordu hep. Pınar ile Rukiye hep omuz omuza.

Pınar aynı zamanda Rukiye'nin amcakızı. Biz Rukiye'ye soruyoruz, Rukiye Pınar'ın ağzının içine bakıyor cevap versin diye. Rukiye hakkında bilinmeyenleri öğreneceğimiz adres belli oldu: Pınar.

Altı kardeşi var Rukiye'nin, kendisinden büyük üç kardeşi çalışıyormuş. Kendisi ve diğer iki kardeşi ise okula gidiyor. Babasının mesleğini sorunca "Serbest meslek" diyor. Serbest meslek erbabı diye adlandırılan kesimin genellikle esnaf ve ticaret yapanlara verilen bir isim olduğunu düşünüyordum. Ama düşüncemde yanıldım. Serbest meslek Gaziantep'te başka bir şey ifade ediyormuş. Düzenli geliri ve işi olmayan babalar, "serbest meslek" işiyle uğraşıyormuş. Yani ne olursa onu yapan babalar.

Rukiye'nin babası da pazarlarda yük taşıyarak hayatı sırtına yüklemiş. Çocuklarını okula gönderebilmek için taşıyor her şeyi. Umutlarını hiç indirmemiş sırtından ama. Çocukları okuyacak ve kendisi gibi olmayacak.

Rukiye'nin evi iki nohut odalı, salon, balkon, teras aramayın işte. Sadece iki odadan mütevellit. Daracık sokaklara bakan bir kapısı ve bir de ortasından akan, ne olduğu belli olmayan bir su birikintisi. Rukiye'nin evinde koltuk yok, mobilya da... Özenle korunmaya alınmış bir televizyon odanın en güzel yerine konumlandırılmış, TV'nin dışındaki her şey gidecekmiş gibi. Düzeltiyorum, TV'nin dışında sadece yerde gördüğünüz üç beş minder gidecekmiş gibi duruyor. Rukiye de bu minderlerin üzerinde yatıyor ve dersini çalışıyor.

Hayatının en önemli kullanım eşyası minder olan bir çocukla hiç tanışmamıştım. Evimizdeki koltukları, mobilyaları aklımdan geçirdim, Rukiye'nin yaşamını anlatırken daha bir özenli olmalıyım diye içimden geçirdim. Oysa Rukiye'ye "Derslerini nerede çalışıyorsun?" diye sorduğumda aldığım "Sakin bir yerde" cevabı beni içten içe gülümsetmişti. Gerçekten yerde ders çalışıyordu Rukiye. Beton zeminin üzerinde, ama sakinliği konusunda endişelerim var işte.

Ne kadar sessiz ve içine kapanık olsa da Rukiye, içinde maceracı ve zenginden alıp yoksula verecek bir çocuk büyütüyor. Robin Hood hayallerinin kahramanı, belli ki yokluk etkilemiş Rukiye'yi, her gün içindeki Robin Hood'la konuşuyor, geleceğe dair yeni planlar çiziyor. Planlarının ilk aşaması doktor olmasıyla başlıyor. Yardım eli uzatacak, ihtiyaç sahiplerine.

Sanatçı Tarkan, onun gönlünün yıldızı. Bir gün fırsatı olursa Tarkan konserine gitmeyi ve onunla tanışabilmeyi hayal ediyor Rukiye. Tarkan'ın sahnedeki performansını beğendiğini söyleyen Rukiye, magazin dünyasının parıltılı ışıklarının yanıltıcı olduğunu biliyor.

Annesi Hatice Hanım'ın yeterince Türkçe bilmemesi onunla sohbet etmemizi engelledi. Yine de birbirimize bakışlarımız ve el hareketlerimizle iyi niyetlerimizi bildirdik. Rukiye'nin babası Mehmet Bey evde olmadığından, birlikte seyahat ettiğimiz kameramanımız İsmail'i içeri alırken bin türlü düşünmüştü. Konu komşu ne derdi!

Rukiye ile sohbetimizi erken yaşta evliliklere doğru yönlendiriyoruz. Sohbet dediğim yalnış anlaşılmasın, ben soruyorum, Rukiye tek kelime cevap veriyor. "Erken yaşta evlilik var mı Rukiye bu yaşadığın yerlerde?" Rukiye'nin önce "yok" şeklinde olan cevabı, kısa bir düşünmeden sonra "On beş on altı yaşlarında" diye değişiyor. On beş on altı yaşı küçük diye görmüyor olabilir miydi acaba? Tekrar soruyorum: "On beş on altı yaş evlenmek için erken bir yaş değil mi Rukiye?" Bu soruma tam bir cümle ile cevap aldığım için çok mutlu oluyorum.

"Evet, insan biraz olgun olunca evlenmeli."

"Aferin Rukiye" dedim ona. Kendisinin nişanlı bir arkadaşı varmış. Onunla erken evlenmemesi üzerine konuşmuş ama işe yaramamış.

Başta da söyledim, Rukiye çok duygusal ve içine kapanık bir

çocuk. Yaşadığı hayat onu derinden etkiliyor. Üzüntüler ve yokluklarla boğuşmak on üç yaşında onu yormaya başlamış. Konuşurken dalıyor ve ötelere bakıyor. Bu ortamı dağıtmak için bir soru daha soruyorum.

"Büyüyünce, çok büyünce, mesela başbakan olursan ne yapmak isterdin?" Rukiye şöyle bir kafasını kaldırdı, yüzüme baktı ve "Türkiye için ihtiyacı olanların ihtiyaçlarını karşılamak isterdim, herkesin istediğini yapardım, yani kimsenin üzülmesini istemezdim" dedi. Vicdanımı yerinden oynatan bir tonda konuşmuştu. "Kendi hayatında değişiklik olmasını istemiyor musun?" diye ekledim. Sadece kendisine ait bir oda istedi, onun ötesinde bütün dilekleri "herkes" içindi. Vedalaştık Rukiye ile, sarıldık birbirimize. Sonradan görüşme temennisiyle nokta koyduk sohbetimize.

Rukiye'nin ailesi sekiz kişiden oluşuyor... Ara sıra kuzenlerinin de katılımıyla geniş bir aile oluyorlar...

Rukiye okuldan döndüğü zaman derslerini yerde çalışmak zorunda...

Binnur Göçmen, Şahinbey - Gaziantep

Rukiye'den sonra Binnur Göçmen ile görüşeceğiz. Binnur Düztepe İlköğretim Okulu'da eğitim görüyor. Adı Düztepe ama hiç alakalı bir yer değil. Yolu yokuş, sokakları dar. Düzlük bunun neresinde anlamadım bir türlü. Binnur'un okuluna gidiyoruz ilk önce. Okulun görüntüsü pek iç açıcı değil.

On üç yaşındaki Binnur, dört kardeşli ailede, en büyük ablasından sonra ikinci sırada geliyor. Lise öğrencisi ablasıyla birlikte okula gidiyorlar. Diğer küçük kardeşlerinin ise henüz okul yaşı gelmemiş. Binnur Göçmen'e, göçmen olup olmadıklarını sorarak başlıyorum. Gaziantep'in öz halkı olduklarını söylüyorlar. Göçmen soyadı dedelerden kaynaklanıyormuş, ama sebebini bilmiyor.

Kendileri göçmen olmasa da babaları ekmek parası kazanmak için göçmen gibi davranmak zorunda. Çünkü ailesinin geçimini sağlamak için çalışmak zorunda. Ayağındaki sakatlık normal bir işyerinde çalışmasına engel. Aç kalacak halleri yok ya, baba tarlalarda çalışıyor. Yazın fıstık topluyor, çapa yapıyor, kış aylarında da kazandıklarını ailece yiyorlar. Dört odalı, kendilerine ait bir evleri var

Binnur ve ailesinin. Binnur'a ait bir oda var ama Binnur bu durumdan çok şikâyetçi: "Var ama oda sayılmaz orası. Yani orda eşyalar var, ondan oda sayılmaz." Binnur'un odası ailenin fazla eşyaları ile yatak yorganlarının depolandığı bir bölüm. Binnur da bu durumdan çok memnun değil. Rukiye'yi anlattım ona, haline şükretmesini söyledim.

Binnur'un en sevdiği dersler İngilizce, sosyal bilgiler, fen bilgisi ve Türkçe. Bu derslerin hepsini de seviyordu. Başarılı bir öğrenci olduğunu biliyordum Binnur'un, ama ardından öyle bir cümle söyledi ki, birden bütün dikkatimi dağıttı. Ağzımdan gayrı ihtiyari olarak "Neden bu dersleri seviyorsun?" diye bir soru çıkmıştı. O da geçiştirerek cevap verdi, ama bendeki etkisi büyük oldu:

"Ne bileyim işte, bu derselere ilgi duyuyorum. Belki de öğretmenlerimi kıskandığım için olabilir."

Şaşkınlığımın artmasına sebep olan bu cümlenin ardından hemen düşünmeye başladım. Bütün öğretmenleri bayan ve hepsi de onun için bir idol. Güzel, meslek sahibi ve aynı zamanda iyilik Periler...i.

Okulunda bilgisayarlı eğitimin artırılmasını isteyen Binnur, tarih derslerini bilgisayar ortamında görmeyi talep ediyor. Ufku açık ve geniş bir öğrenci Binnur. Nesrin, Nazan,Tuğba, İpek ve genelde sınıfın bütünü yakın arkadaşı Binnur'un. Arkadaşlarıyla oyunlar oynuyor, dışarı çıkıp geziyor ve birbirlerinin evine gidip ders çalışıyorlar.

Almanya'nın sistemi ve teknolojik olarak gelişmişliği Binnur'u hayran bırakmış kendine. "Büyüyünce oraya gideceğim" diyor. Bir de Türkiye'de İstanbul ve Ankara var. Binnur'un hayranı olduğu sanatçı grubu arasında Gece Yolcuları, sonra Gülben Ergen ve Hepsi geliyor. Gelecekte bir meslek sahibi olmak istese de, henüz kesin bir karar vermiş değil Binnur. "Hemşire, tarih öğretmeni veya avukat olabilirim" diyor.

Türkiye'yi yönetecek olsa kötü yolları düzelteceğini söyleyen Binnur, yaşadığı yerdeki beton yığınlarından ve çarpık yapılaşmadan hiç hoşlanmadığını söylüyor. "Ben olsam, her yeri ormanlık alanlar yaparım. Eğitimi artırmak, fabrikalar kurup işsizliği azaltmak isterim. Yeni fabrikalar demek, yeni işçiler demek" diyerek ekonomiyi kurtarma planlarına dahil oluyordu Binnur. Kızların okuması ve hayatlarını kurtarması gerektiği de sohbetimizin son sözleri oldu.

Yaz aylarında Antep fıstığı toplayarak geçimlerini sağlayan Göçmen ailesi birlikte zaman geçirmeyi çok seviyor

Türkan Özalıç, Şahinbey - Gaziantep

Tolstoy der ki: “Bazı horozlar, güneşin onlar yüzünden doğduğunu sanır.” Durup dururken neden Tolstoy derseniz, Türkan’ın hayat hikâyesine mutlaka şahit olmanız gerekir. Uzun zamandır beni bu kadar etkileyen bir çocuk görmedim desem yeridir.

Türkan sevimli ve suratına asılı gülümsemesi olan bir çocuk. Bir insan bu kadar mı güler yüzlü olur. En kötü anısını anlatırken bile kötülükten intikam alırcasına gülümsüyor Türkan. Babasını bir tüp patlaması sonucu kaybetmiş, gülümsüyor Türkan babasızlığın acısına. Ekonomik olarak sıkıntıya girmiş ailesi, yine gülümsüyor Türkan. Onu hayata bağlayan belli ki çok kuvvetli bir şey.

Ulusoy İlköğretim Okulu’nda ziyaret ettiğimizde hemen dikkat çeken bir öğrenci Türkan Özalıç, sınıfın en başarılı öğrencisi ve aynı zamanda arkadaşlarının da gözbebeği. Zor bir ders mi var, adres Türkan, genel kültürle ilgili bir soru da arkadaşlarını Türkan’a getiriyor.

Rukiye ve Binnur’un maddi durumundan biraz daha iyiydi

durumları ama, Türkan'da beni etkileyen başka bir şeydi. Annesi bir mağazada tezgâhtarlık yapıyor Türkan'ın, anneannesi, annesiyle birlikte aynı evde yaşıyorlar. Dedesi de vefat etmiş Türkan'ın.

Çok düzenli bir kız olduğu her halinden belli olan Türkan, çok fazla kitap okuyor. Okul defterlerini gösterdi bana, hayatımda böyle düzenli okul defteri görmemiştim. Ben de öğrencilik yaptım ama, Türkan'ınki kadar düzenli değildim, olanı da görmedim.

Tolstoy okuyor Türkan, ansiklopedi okuyor, daha doğrusu ne bulursa okuyor. Annesinin işten izin alabildiği dönemlerde tatile gidiyorlarmış, büyük teyzesinin yazlığına. Derslerini aksatmaktan ödü kopuyor. Bilgisayarı da seviyor, ama derslerini aksatmasına asla izin vermiyor.

Giresun'a, Osmaniye'ye, Halep'e, İskenderun'a folklorcu olarak gitmiş. Gelecekte en büyük hayali saz çalmak olan Türkan, Keremcem ve Özgür Çevik ile tanışmaktan zevk alacağını söylüyor. Yaşadığı Gaziantep'de erken yaşta evlilikler olduğunu bildiğini söyleyen Türkan, "Bu konuda ben şir şey yapamam, benim sözüm geçmez ki" diyor. "Böyle bir sorun var ve ortadan kaldırılmalı, okumak bence çok güzel" diye cevap veriyor.

Gelecek hülyalarını annesinden bağımsız düşünmüyor Türkan. "Okuyacağım, ünlü olacağım ve annemle birlikte yaşayacağım" diyor. Kardeşi olmadığını için annesinin yanında kalmasını çok istiyor. Daha çok iş alanı ve iş sağlamak için gayretkâr olmamız gerektiğine işaret eden Türkan, on yıl sonra aydın bir kız olacak. Türkiye'nin yolunu aydınlatacak fikirlere imza atacak. Neden bu kadar emin konuşuyorum, biliyor musunuz? Geleceğin ışıltılı yollarını, bugünden yakılan mum ışıkları aydınlatır. Türkan, daha şimdiden onlarca mum yakmış ve kararlılıkla yürüyor.

Hatay

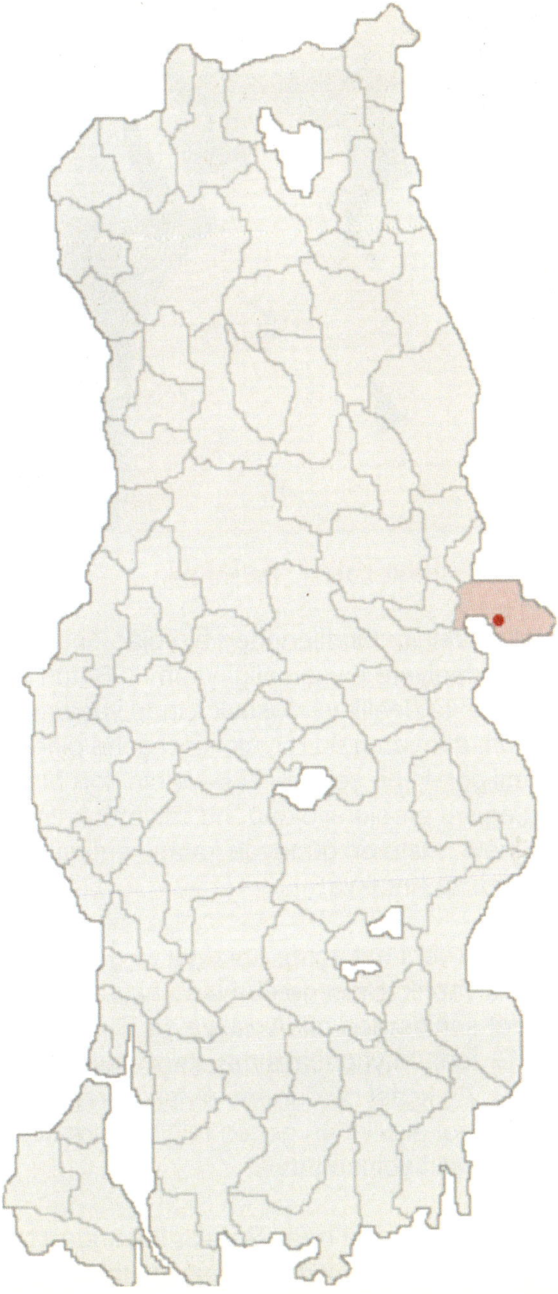

Meryem Türkcan, Sofular Köyü - Antakya

Dünyanın en eski yerleşim birimlerinden biri olan Antakya, tarih boyunca birçok medeniyete ev sahipliği yapmış. Bütün dinler, kültürler, Antakya'da kardeşlik ve dostluk içinde yaşamış. Eski çağlarda bir dönem dünyanın en büyük ikinci şehri olan Antakya ezelden beri ilgimi çeken bir şehirdi. Türkiye'nin dört bir yanında kız çocuklarının eğitim problemi olduğunu biliyorduk. Doğusu batısı, kuzeyi güneyi… işte en güneyde kalan kentimiz Hatay, merkez ilçesinin adı ile Antakya.

Türk Hava Yolları'nın yeni hat açtığı Antakya'ya gece yarısını biraz geçerken iniş yaptık. Belki de dünyada havalimanında taksi bulunmayan ender şehirlerden biri Antakya'dır. Turist çekmek için bu kadar yoğun bir tanıtım yapacaksınız, turist gelince de binecek taksi bulamayacak. Açıkçası bu durumu oldukça yadırgadık. Biraz da söylene söylene yol üzerinden geçen minibüslere bindik ve konaklayacağımız otelin yolunu tuttuk.

Ertesi sabah Antakya merkeze bağlı Sofular köyünde Meryem Türkcan ile görüşmek üzere hazırlıklarımızı yapıp otelden ayrıldık.

Sofular Köyü İlköğretim Okulu'nda öğrenimini sürdüren Meryem'in beş kardeşi var. On üç yaşındaki Meryem, yedinci sınıfa gidiyor; onunla birlikte iki kardeşi daha var okula giden.

Babasının gözleri görmüyor Meryem'in, o yüzden hayat onlar için biraz daha zor. Babası önceden gözleri görmeyen engelli vatandaşların dernekleri için satış yapabiliyormuş, ama şimdilerde boştaymış. İşsizlik ise aile ekonomisini çok yakından etkiliyor. Cafer Bey'in ailesinin yardımlarıyla geçimlerini sürdürüyor Meryem'in ailesi. Evleri boyasız ve çatısız olsa da, Meryem muhteşem bir manzaraya karşı büyüyor.

Meryem'in okula gidip gelme mesafesi yaklaşık otuz dakika. Her gün sabah ve akşam yarımşar saat yürümek zorunda olan, yirmi üç kişilik sınıfta okuduklarını ve okulun imkânlarının kısıtlı olduğunu söyleyen Meryem, sosyal bilgiler dersini sevdiğini ve en çok öğretmenin ders anlatır gibi değil de sohbet eder gibi ders anlatmasından hoşlandığını vurguluyor.

Meryem'in gerçekten konuşmayı sabırsızlıkla beklediği bir arkadaşı var. Hatta kendi deyimiyle "Fatoş'la buluşmayı ve hasretimizi gidermeyi seviyoruz" diye açıkladığı bu dostluk uzun yıllar devam edecek gibi görünüyor. İlkokul birinci sınıftan bu yana arkadaşlıklarının devam ettiğini ifade eden Meryem, "Ara sıra tartışıyoruz ama hemen ardından barışıyoruz" diyor. Zor bir zamanda masum ve değeri uzun yıllar bilinecek dostlukları kıskandırıyor beni.

Ömer Seyfettin'in romanlarını okumaktan büyük keyif aldığını söyleyen Meryem, en çok Keramet isimli romanı beğenmiş. Bu romanı beğenme sebebi olaraksa iyi insanların kötüleri yenmesi olarak gösteriyor. Yaz tatili ise Meryem'in öğrenciliği unutup, yorgun günlerle tanışması anlamına geliyor. Meryem küçücük elleri ve bedenini bile zor taşıyan direnciyle yaz tatillerinde tarla işçisi olarak çalıştığını söylüyor. Çapa yapıyor, zeytin topluyor, konu komşunun tarlasında minicik bedeniyle ailesinin geçimine katkıda bulunmaya çalışıyor.

Cafer Bey, ailenin gelirlerinin giderlerine yetmediğinin farkında. Gözleri görmediğinden doğru düzgün geliri olan bir iş bulamadığını söylüyor. Gözleri görenlerin bile rahat iş bulamadığı Türkiye'de görmeyenlerin şansının olmadığının ve olamayacağının farkında olduğunu hatırlatıyor bizlere bir tokat gibi. Aslında Cafer Bey'in yazgısı babasının yalnış seçimiyle şekillenmeye başlamış. Cafer Bey'in ağabeyleri üniversiteye gidip mezun olurken, küçük çocuk Cafer okutulmamış. Fakat Cafer Bey azmiyle ilkokul ve ortaokulu dışarıdan tamamlamış. Cafer Bey, gayretli, bilgili ve aydın biri. O kızının okuması gerektiğine gönülden inanan bir baba. İki ayda bir sakatlık maaşı alarak geçindirdiği ailesini sıcak bir yuva haline getirmeyi başarmış.

İşte bu zorlu ekonomik sebeplerden dolayı ara sıra Meryem'i okula göndermemeyi bile düşünüyor ve daha sonra METRO Group'un bursunu düşünüp bu düşüncesinden vazgeçiyormuş Cafer Bey.

Cafer Bey, bu cümleyi söylediği zaman gerçekten iyi bir iş yaptığımızı ve insanlara faydalı olduğumuzu düşündüm. İyi ki böyle bir şirkette çalışıyorum ve iyi ki bu insanların ziyaret etmişim. Gözlerim dolu dolu Meryem'le sohbet etmeye devam ediyorum. Meryem'in söylediklerini dinleyebilmek için toparlanmam gerekiyordu. Bir İstanbul'u, bir de uzayı merak ediyordu Meryem. Nasıl diye sordum. İstanbul'un tarihi eserleri, uzayda ise "o boşluk" çok ilgisini çekiyormuş.

Bu bölgede gördüğüm birçok çocuk gibi Meryem de tam bir İsmail YK hayranı. Serdar Ortaç da favorileri arasında. "Büyünce kesinlikle hemşire olmak istiyorum" diyor Meryem. Çocukluğundan bu yana izlediği filmlerde ve dizilerde, ne zaman hemşire görse hep iç geçirirmiş. "Hoşuma gidiyor işte" diye çocuksu bir ifadeye bürünüyor bir anda. "Hemşire olup çocuklara yardım edeceğim, elimde olsa kötü insanları yeryüzünden kaldırır ve küçük çocukların okumasına yardım ederdim. Bir de işi olmayanlara iş verirdim" şeklinde konuşarak gelecek planlarını çiziyor Meryem diyor.

Meryem'in babası Cafer Türkcan'ın gözleri görmüyor. Ama gönül gözüyle kızının mutlaka okuması gerektiğini söylüyor

Meryem öğretmenlerinin takdirini kazanmış başarılı bir öğrenci...

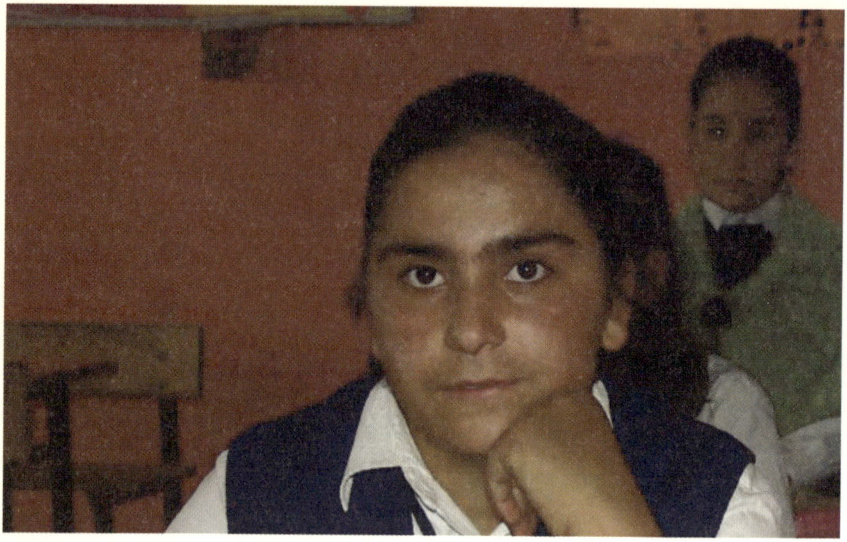

Fatma Kapçak, Sofular Köyü - Antakya

Aynı köyde yaşayan bir başka öğrencimiz ise on üç yaşındaki Fatma Kapçak. İlköğretimde yedinci senesi Fatma'nın. Güllerle bezenmiş bahçelerde oturan komşuları var Fatmaların. Altı kardeşiyle birlikte çiçek gibi bir hayat sürmese de, komşularının bahçesi çiçek gibi. Oysa Fatma'nın yaşantısı öyle mi? Yer onlar için her şey. Çünkü zorunlu olarak yere yakın duruyorlar. Oturacak koltukları, divanları, hatta minderleri bile yok. Fatma okuldan gelir, alır defterini kalemini silgisini eline, uzanır yere boylu boyunca.

Çünkü ödevleri var Fatma'nın, ertesi gün öğretmeni kızsın istemez. Matematik, Türkçe, fen bilgisi ve sosyal bilgiler derken bir çırpıda dersler biter. Ama yorgunluk da gözkapaklarına düşer. Hepimiz öğrenci olduk, okulda gösterilen çabanın ardından evde üç dört saat ders çalışmak yorar insanı. Üstelik yerde ve sert zeminde; her kız çocuğunun harcı değildir bu azim. Fatma azimli ve derslerinde bir o kadar başarılı.

Uykusu geldi Fatma'nın, zihni yoruldu, fakat şekerleme yapacak bir yatağı yok. Ta ki akşam uyku vakti gelecek, anne yüklükten kırpıntılarla doldurulmuş yatakları getirecek odaya. O zaman uykusunun şeker gibi tadını alacak. Düşündüm, uyku ne kadar tatlı şey. Fatma ne kadar şanssız. Zeminin sertliğiyle bölünmemiş, gündüz uykusunu bir gün bile tadamamış.

Bahçelerinde gelişigüzel diktikleri bitkiler gibi çatısı olan bir evde yaşıyor Fatma. Babası inşaatçılıkla uğraştığı için evin çatı katında demir filizleri var. Tuğladan yapılan evleri sıvasız. Anne Hatice Hanım'dan izin istiyoruz eve girmek için. Ama Hatice Hanım biraz tedirgin. Biraz sıkılgan fakat yine de misafirperver. Buyur ediyor bizi yoktan var etmeye çabaladıkları evlerine. Merak işte, kapıdan girer girmez tedirginliğin sebebini anlamaya çalışıyorum. Mutfağa gözlerim kayıyor. Bir bakıyorum mutfağa, sonra bir kez daha, bir kez daha. Mutfak ve ve banyo bir arada... Gördüğüm gerçekti ve banyo mutfakla aynı yerdeydi. Cahit Bey, kıt kanaat geçindirdiği ailesinden artakalan parayla evin yanına birkaç oda daha inşa ediyor. Banyo da inşa ediliyor ama şimdilik ikisi bir arada olmak zorunda.

Kucağında yenidoğan bebeğiyle sohbet etmeye başlıyoruz Hatice Hanım'la. "Bu altıncı çocuk mu Hatice Hanım, nedir bu aceleniz?" diye soruyorum. Alacağım cevabı bildiğim için cevap için üstelemedim. Kafasını hafifçe yana büküp, gülümsedi yüzüme. Hayat hızlı akıyor Kapçak ailesi için, sorunlar da bir o kadar fazla. Ama bizim umudumuz bu evde yaşıyor. Ailesi için karanlıkta bir ışık yakacak Fatma.

Fatma'nın okulda en sevdiği ders matematik. Problem çözmekten büyük keyif alıyor. Hayattaki problemleri çözmek için de formülleri olduğunu belli ediyor. Derslerinde başarılı bir öğrenci olan Fatma, yirmi üç kişilik sınıfta okuyor. Okula yürüyerek giden Fatma, yaklaşık yirmi dakikalık bir mesafe kat ediyor.

Yokluk hayatında çok büyük bir etken olsa da, Fatma'nın literatüründe yokluk diye bir kelime yerleşmemiş henüz. "Okulun imkânları belki yetersiz olabilir ama bana yetiyor. Okulum ve arkadaşlarımı seviyorum" diye konuşuyor Fatma. En iyi arkadaşının amcakızı olduğunu ifade eden Fatma, kitap okumayı hayatının ayrılmaz bir parçası olarak görüyor. Çocuk romanlarını okuyup, kendini roman kahramanlarıyla özdeşleştirmek de en fazla oynadığı oyunların başında geliyor. Polyanna ise Fatma'nın kahramanı. Hem romanını okuyor, hem de Polyanna'nın iyi niyetiyle beziyor iç dünyasını.

Tatillerini şehirdışında geçirebilmek istediğini söyleyen Fatma Kapçak, ulu önder Atatürk'ün ebedi istirahatgâhı Anıtkabir'i görmeyi çok istiyor. Ah bir gidebilse yanına, neler anlatacak kim bilir. "Gidersen neler söylemek istersin?" diye ısrar ediyorum. Fatma'nın cevabı ise "Yok söylemem" şeklinde oluyor. Belli ki planlamış o anı. Keyfini doyasıya çıkarmak için fırsat kolluyor. Önemsenmeli Fatma, bir gün Atası ile buluşacak ve bir kez konuşacak onunla. Fatma'nın Ankara'ya gelişi hiç kimsenin gelişine benzemeyecek. Anadolu'nun çilesini çocuk yaşta çeken Fatma, Atasına olan biten her şeyi bir bir anlatacak.

Fatma ve Meryem okullarına hakim bir tepede durup poz verdiler.

Medeniyetlerin beşiği Hatay'da yaşayan Fatma, kardeşlerine bakarak annesine yardımcı oluyor.

Hayatta hiç kimse yumuşak bir minderin değerini Fatma kadar düşünmemiştir.

Zühre Zeyni, Büyükdalyan Köyü- Hatay

Hatay ilinin Büyükdalyan köyünde yaşayan mutlu bir aileye misafir olmak için yola çıkıyoruz. Etrafımızda portakal ağaçları, kıştan kalan meyvelerin bazıları toplanmamış. Renkleri turuncudan ziyade kirli sarı portakalların. Portakalların dallarda asılı kalması gibi umutlarını ertelemek istemeyen bir kızımızın daha yanına varıyoruz. Kavuşma anını olabildiğince sıcak kılmak için hazırlık yaparken, buna gerek olmadığını anlıyoruz. Zira karşımıza gülden de güzel gülümseyen Zühre Zeyni çıkıyor.

Zühre ailenin en küçük kızı, ablalarıyla beraber aynı odada kalıyor. Evde bulunan herkes öğrenci sayılır. Ağabey hem okuyor, hem çalışıyor. Diğer ablası lise ikinci sınıfa gidiyor. En büyük ablası ise üniversite sınavlarına hazırlanıyor. Anne evhanımı, baba ise yurtdışında çalışıyor. Gurbet ellerde fırıncılık yaparak çocuklarının okul masraflarını karşılıyor. Baba Süleyman Bey, üç dört ayda bir Hatay'a geliyor ve ailesiyle hasret gideriyor, ancak bu ziyaretler tatmin etmiyor Zühre'yi.

Baba hasretini en yoğun duygularla yaşayan Zühre'nin en büyük dayanağı ise annesi. Babasının yokluğunda anne Zeliha Hanım ailenin direği haline gelmiş. Odun kömür derdi, yiyecek kavgası hep anne Zeliha Hanım'ın sırtında. Hayat bütün zorluklarıyla Zeliha Hanım'ın sırtında iken, dört çocuğu da birbirinden vefalı.

Zeyni ailesinin kilometrelerle bölünmüş hasretini bir kenara bırakıp Zühre'nin okul günlerine geçiyoruz. Zühre yerinde duramayan, civa gibi bir çocuk. Zaten en sevdiği ders de beden eğitimi. Her ders zilinin arasındaki teneffüs saati Zühre için arkadaşlarıyla spor yapma zamanı anlamına geliyor. Spor onun hayatın vazgeçilmezi. Türkçe dersi ise en başarılı olduğu ders.

Zühre'nin sınıfında yirmi altı arkadaşı var ve hemen hepsi okulun imkânlarının yeterli olmadığı kanaatinde birleşiyor. Bir de buna okulun branş öğretmenlerinin azlığı eklenince çocuklar koro halinde şikâyetlerini dile getiriyor.

En yakın arkadaşı Selvi'yle sohbet etmeyi sevdiğini söyleyen Zühre, boş zamanlarında sorular çözdüklerini ve seviye tespit sınavına hazırlandıklarını ifade etti.

Yaz tatillerinde Hatay'ın sayfiye mekânı Samandağı'na gitmeyi sevdiğini vurgulayan Zühre, "Burada dedemle birlikte vakit geçirmek çok güzel bir duygu, denize giriyorum, arkadaşlarımla oyunlar oynuyorum" diyor.

Türkiye'nin sadece bir ilini değil her yerini merak ettiğini, en çok İzmir'i hayallerinde canlandırdığını belirten Zühre, gelecekte iyi bir meslek olarak gördüğü beden eğitimi öğretmeni olmak istediğini aktardı.

Erken yaşta evlenen arkadaşları olduğunu, ortaöğretimi bitiren kızlarınsa Hatay ve çevresinde nişanlandığını sözlerine ekleyen Zühre, bu yazılmamış töreye isyan ediyor. "Biz daha çocuğuz ve evlenmek için daha çok küçüğüz" diyen Zühre'nin belli ki annesinin omuzlarına yüklenen hayatın ağırlığından gözü korkmuş.

Zühre kendisine burs vererek destek olan herkese çok teşekkür ettiğini söyledi.

Gül bahçeleri içinde güllerden daha güzel bir gül Zühre...

Baba yurtdışında olduğundan evin direği anne Zeliha Hanım...

Çisel Topaloğlu, Orhanlı Köyü - Hatay

Gökyüzü kına yakmışçasına kızardı. Bizim yolumuz daha uzun. Yağmurun yağmasından korkuyoruz. Yağmur bırakmaya gebe bulutlar peşimiz sıra koşuşturuyor. Umut olmak için gittiğimiz Orhanlı köyüne hafif çiseleyen yağmurla birlikte giriyoruz. Yağmur, köylünün bereketi. Çisel de ailesinin...

Orhanlı Köyü İlköğretim Okulu'nda eğitimini sürdüren Çisel Topaloğlu, Yonca ve Cevdet çiftinin bir yağmurlu günde dünyaya getirdikleri kızları. Yağmur çiseliyordu o dünyaya gözlerini açtığında, Çisel'in doğumu ailede büyük bir sevinçle karşılandı. Ancak bu sevinç babası Cevdet Bey'in işsizlik belasına yakalanmasıyla bozuldu. Başka çare yoktu, Hatay'daki birçok ailenin erkeği gibi o da çalışmak için gurbete gitti. Gurbette yaşamak zor zanaat, ama evlatlarından ayrı bir ömür sürmek daha da zor.

Çisel'in bir kardeşi daha var, pastanede çalışıyor. Henüz on beş yaşında ama ailenin ekonomisine katkıda bulunmak zorunda olduğu için okumayı değil, çalışmayı tercih etmiş. Çisel, dedesi ve anneannesiyle birlikte üç odalı bir evde kalıyor.

Mehtap ile gezmekten, sohbet etmekten ve dertlerini paylaşmaktan büyük keyif alıyor Çisel. Tatil zamanlarında ise ailesiyle birlikte tarlanın yolunu tutuyor. Ailenin her bir ferdi, tatilde tarla işçisi oluyor.

İstanbul'da yaşayan insanlar kalabalığından bıktı bu şehrin. Ama İstanbul Çisel için cazip bir şehir. Mutlaka gelip görecek bu insan deryasını. Bir de baba hasreti yakasını bırakmıyor. Babasını görmek için Katar'a gitmek istiyor Çisel. Çocukları çok sevdiğini vurgulayan Çisel, on üç yaşında olmasına rağmen, gelecekle ilgili planlarını neredeyse tamamlamış durumda. "Sınıf öğretmeni olacağım. Anaokulunda çocuklarla ilgileneceğim" diyor.

Büyükler ve devleti yönetenlerden işsizliğe çare bulmasını isteyen Çisel, "Babam işsiz kaldığı için yurtdışına gitti. Eğer işi olsaydı benim yanımda kalacaktı. Kimse babasından uzak kalmasın" diye ifade ediyor duygularını.

Katar'da canını dişine takarak çalışan Çisel'in babası kazandığı parayla evini tamamlamaya çalışıyor

Çisel sınıf arkadaşlarıyla birlikte...

İzmir

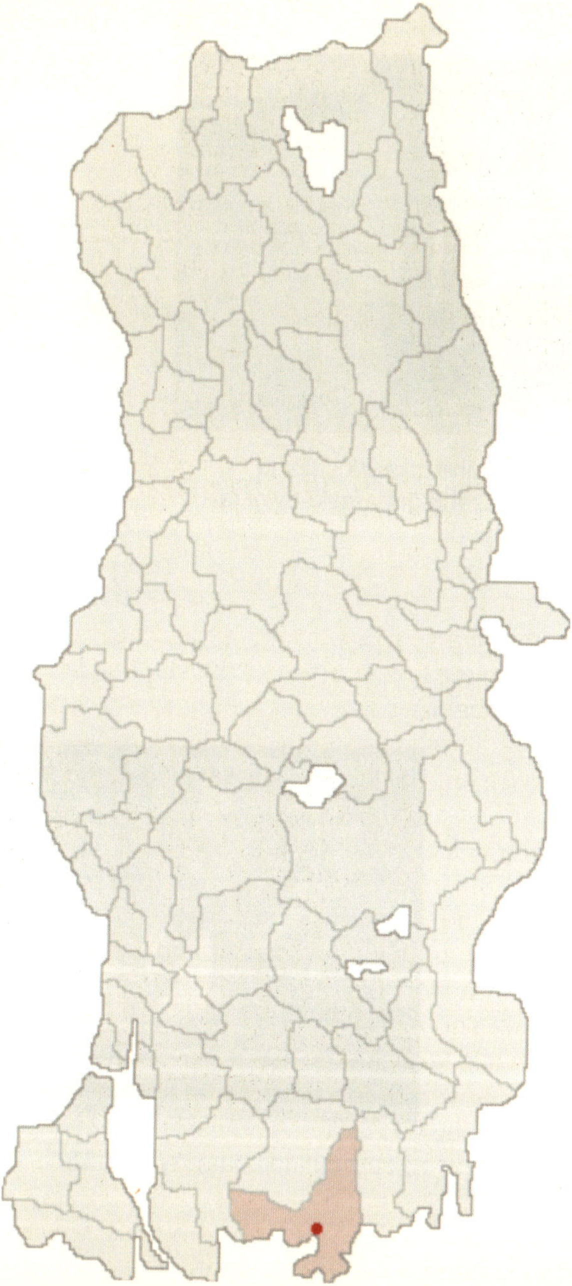

Rabia Arslan, Konak - İzmir

Ekinler çiçek açmaya yeni başlamıştı. Ege Denizi'nin esintisi imbat serin serin değil, biraz hırçınca esiyordu. İstanbul'dan İzmir'e adım attığımda imbat rüzgârının etkisi ilk hatıram oldu. Mustafa Kemal Atatürk ve beraberindeki ordular, İzmir'i düşman işgalinden 9 Eylül'de kurtarırken, imbat düşmanın ardından esiyordu. İmbat düşmanı denize kadar takip etti. Bizim ise ulvi bir niyetle geldiğimizi anlamışçasına, yüzümüzü okşuyordu.

Rabia Arslan İzmir'de ilk ziyaret edeceğimiz öğrenciydi. İzmir'in tarihi ilçesi Konak'ta oturuyordu Rabia. İzmir'e defalarca gitmiştim. Karşıyaka, Alsancak, Mavişehir ve Çeşme, benim ikinci evim gibiydi. Ama Rabia'nın oturduğu semt benim için madalyonun arka tarafıydı. Benim için tam anlamıyla sürpriz olacaktı.

Türkiye'nin üçüncü büyük şehrinde ne kadar kötü bir manzarayla karışalaşabilirdim ki... ama çok geçmeden yanıldım. İzmir son yıllarda çok göç alan illerimizin başında geliyor. Neredeyse her bir boş toprak parçasına gecekondu yapılmış. Birbirine yapışık, derme çatma binaların arasından geçerek Rabia'nın oturduğu eve doğru ilerliyorduk. Gördüğüm manzaralar, bugüne kadar kafamda yer eden İzmir imajını yerle bir etmeye yetti de arttı bile. Araçların bile zor döndüğü sokaklarda yolumuzu bulup, gelecekte büyük bir insan olmak için yola koyulmuş Rabia'nın yanında aldık soluğu.

Anadolu'nun ücra bir kasabasından gelip İzmir'de yer tuttukları çok belli ama Rabia'da ilgimizi çeken başka şeyler var. On üç yaşında olmasına rağmen hayatın yükünü sırtlamış bir görüntüsü var. Beş kardeşinin ablası, en büyüğü, akıl hocası. Kardeşleriyle birlikte aynı odada kalıyor. İki odalı bir ev ve bu evde yaşayan yedi kişi. Rabia ile sohbet etmeye başlamamız bile bir heyecan fırtınasıyla başladı.

Rabia'yı Vasıf Çınar İlköğretim Okulu'nun önünden alıp sohbet etmek üzere evine doğru giderken iki sivil polisin bulunduğu bir araç yanımıza yaklaştı. Okul önlerinde güvenliğin bu kadar sıkı olması bizi sevindirmişti. Ama öncelikle sivil polislere yaptığımız projeyi anlatmak zorunda kaldık. Çağdaş Yaşamı Destekleme Derneği'nin bölge temsilcileriyle birlikte Rabia'nın evine ulaştığımızda derin bir soluk aldık.

Rabia'nın babası inşaatlarda işçi olarak çalışıyor. Kardeşleriyle aynı odada kalmasına rağmen derslerinde oldukça başarılı bir çocuk Rabia. O kadar başarılı ki, okulunun gözbebeği, birincisi... Kurduğu cümleler, bakışları ve mimikleri Rabia'ya adam olacak çocuk sıfatı yakıştırmamıza sebep oldu. Türkiye'nin umudu olacak Rabia. Çünkü o bizi IMF'den kurtaracak. Büyüyünce IMF'ye olan tüm borçlarımızı ödeyecek. "Biz bağımsız diyoruz ama değil. IMF memurumuza verdiğimiz paraya bile karışıyor. Böyle olmaz" diye düşünebilecek kadar gündeme hâkim bir ilköğretim okulu öğrencisi. Aferin sana Rabia, yarınlarımız sana emanet.

Rabia'nın okulu uzakta, o yüzden biraz sıkıntılı bu konuda. Okula gidip gelirken zorlanıyor ve bu zorluk okulun kapısından girince sona eriyor. Çünkü Rabia okulunu, sınıfını ve arkadaşlarını çok seviyor. Sınıfta okuyan öğrenci sayısı az olduğu için derslerinde başarılı olduğunu, öğretmenlerin kendileriyle daha fazla ilgilendiğini söylüyor.

Reşat Nuri Güntekin'in Çalıkuşu romanını iki kez okuyup bitiren Rabia, romandaki Feride isimli kahramanın kendisini çok etkilediğini söyledi. Bu romanı en kısa zamanda tekrar okuyacakmış. Sohbet ederken, okuldaki arkadaşlarını koruyup gözeten ve düzeni sağlamaya yönelik bir tavır içinde gördük onu. "Neden?" diye sordum. "Bu okul hepimizin. Okuldaki araç gereçlere bazı arkadaşlarımız zarar veriyor. Onları sık sık uyarıyorum. Bu yüzden bana kötü davranıyorlar" diye cevap veriyor.

Tatillerde en çok uyumaktan keyif aldığını aktaran Rabia Arslan, evlerinin yakınında oyun parkı olmamasına çok üzülüyor. Belediye başkanına park ve bahçe yapması için müracaat edeceğini söylüyor.

Rabia çocuk denilecek yaşına rağmen boyundan büyük sorumlulukların içinde bulmuş kendini...

Sevgi Derin, Konak - İzmir

Dar yollar İzmir'de kaderimiz olmuştu adeta. Birbirine benzeyen sıvasız evlerin arasında yolumuzu bulmaya çalışırken, yine gözlerindeki sıcaklığa hayran kaldığımız bir öğrencimizin yanına geldik. Sevgi adını gerçekten hak eden çocuklardan biri. On dört yaşında ve gözlerinde umudu ve geleceğin parıltısını yaşıyor. Babası seyyar satıcılık yaparak Sevgi ve iki kardeşine bakıyor. Sevgi'nin küçük erkek kardeşi ise tam bir futbol tutkunu.

Biz Sevgi ile sohbet ederken bir telaşla odaya girdi ve futbol malzemelerini bulup buluşturdu sağdan soldan. Sonra da koşarak ayrıldı. Kalecilik yapıyormuş erkek kardeşi ve okul takımında futbol oynuyormuş. Küçücük bir odaya kapanıp derslerini çalışıyor Sevgi. Oda küçük ama Sevgi'nin hayalleri büyük. Fen bilgisini çok seviyor. Bu dersi kendine sevdiren öğretmenine büyük bir hayranlık duyuyor.

Sevgi'nin en iyi arkadaşı ise Nisa. Okulda ve okul dışında sürekli onunla vakit geçirdiğini söylüyor Sevgi. Yarıyıl ve yaz tatillerinde en çok gezmeyi, denizde yüzmeyi ve bir de arkadaşlarıyla bir araya gelmeyi sevdiğini söyleyen Sevgi, "En çok Pamukkale'yi görmek istiyorum. O taşların nasıl oluştuğunu ve bu hale nasıl geldiğini çok merak ediyorum" diyor.

İnsanlar vardır, hayalleriyle yaşar, hep bir bilgisayarının olmasını düşleyen Sevgi, internette sörf yapmaktan hoşlanıyor. Araştırıp bulmak ve öğrenmek son zamanlarda en çok yaptığı işler arasında. Gelecekte doktor olmayı hedefliyor Sevgi, küçük çocuklara ve yoksullara hizmet vermek istiyormuş. Erken yaşta evliliğe karşı çıkan bu minik kızımız, bir gün o daracık sokaktan çıkacağını ve büyük bir insan olacağını söylüyor.

"Ne yapacaksın büyük insan olunca?" diye soruyorum. "Bizim buralarda çok hırsızlık yaşanıyor. Hırsızlara karşı bir önlem alırdım mesela. Her yere polis koyardım ve buraları yenilerdim" diyor.

Sıvası dökülmüş evinin balkonuna çıkarak bizleri uğurlayan Sevgi, giderken arkamızdan son olarak şu sözleri söyledi: "Buraları da yenilerdim, yeni yeni evler, apartmanlar yaptırırdım."

ÇYDD'nin temsilcileri öğrencilerin gönüllü ikinci anneleri...

Merve Erenli, Konak - İzmir

İzmir, Turgut Reis İlköğretim Okulu'nun yedinci sınıfında öğrenimini sürdüren Merve, yaşına göre küçük görünen bir öğrenci. Ailenin en büyük kızı olmasına rağmen yine de boyu küçük. Kendinden başka iki kardeşi daha var. Okula yakın bir yerde oturan Merve'nin evine doğru yol alırken suskunluğu dikkatimizi çekti. Daha sonra heyecanlandığı için suskun kaldığını anladım.

Babasının sürekli bir işi olmadığını söyleyen Merve'nin babası yük ve eşya taşıyarak hayatını kazanıyor. Zor kazandığı hayat, çocuklarına ve ailesine yetiyor da artıyor bile. Merve'nin evinde gurur ve sevgi ilk göze çarpan izlenimler oluyor. Annesi Melek Hanım, yokluklarla mücadeleyi bir kenara bırakmış biz geliyoruz diye. Kekler, kurabiyeler ve ailenin sıcaklığına yaraşır bir çay. Öncelikle verdiğimiz zahmetlerden dolayı özür diliyoruz ve teşekkür ediyoruz Melek Hanım'a. Daha sonra evlatlarını okutma azminden dolayı kutluyoruz onları.

Merve Türkçeyi ve Türkçe öğretmenini çok seviyor. Bu ders olduğu gün ve saat çok mutlu oluyor. Okulun imkânlarından memnun ve hiçbir eksiğinin bulunmadığını söylüyor Merve. Okumak onun en büyük eğlencelerinden biri. Boş zamanlarında, uykuya dalarken, uyanınca, kitap okuyor. "Televizyon seyretmektense kitap okurum daha iyi" diyerek Türkçe aşkını her fırsatta dile getiren bir çocuk Merve.

Gelecekte Türkçe öğretmeni olmak istiyor ayrıca. İstanbul'u çok merak eden Merve, bir başka seviyor İstanbul'u. İstanbul denilince bile yüzünde muhteşem bir gülümseme oluşuveriyor hemen. Yaşadığı bölgede sosyal tesislerin oldukça az olduğunu söyleyen Merve, "Karar veren bir yönetici olsaydım, öncelikle bu çevrede çocukların oynayabileceği parklar yapardım. Kütüphane ve gençlerin vakitlerini geçirebilecekleri sosyal tesisler kurardım" şeklinde konuştu.

Sohbetimiz o kadar hızlı devam ediyordu ki, ben soruyu soruyorum, Merve hızlı hızlı cevaplar veriyordu. Bir de hızlı konuşması dikkatimi çekti Merve'nin, "Nedir bu acelen Merve?" dedim. Okulunu çok sevdiğini ve derse yetişmek istediğini söyleyince Merve'yi daha fazla meşgul etmeme kararı verdik ve evden ayrıldık.

Merve Türkçe derslerini çok seviyor... Bu dersi aşılayan öğretmenini de...

Sabriye Şimşek, Konak - İzmir

İzmir'in en güzel tepelerinden birine kurulmuş Kadifekale'ye tırmanıyoruz arabayla. Bu güzel manzarayı doyasıya yaşamak için sağıma soluma bakıyorum. Ancak gördüğüm muhteşem manzara büyük haz verirken, evler ve önlerinde oynayan çocukların durumu içimi acıtıyor.

Kadifekale Zübeyde Hanım İlköğretim Okulu yedinci sınıf öğrencisi olan Sabriye ve ailesi Mardin'den İzmir'e göçmüş bir aile. Mardin'in yemek kültürünü kaybetmemiş Aliye Hanım elleriyle bizlere birbirinden lezzetli yemekler hazırlamıştı. Mardin'i tanımlamak için "Başım gözüm üstüne memleket" denir. Gerçekten biz de Sabriye'nin evinde el üstünde tutulduk. Biz de onların yoluna kendimizi adamıştık. Onların dertleriyle dertlenip, hayatlarına ortak olmak için kapılarını çalmıştık.

Ferah bir evde, güleryüzlü ve misafirperver insanların içinde olmanın huzuruyla eve davet edildik. Denizin en yaraştığı illerden biri olan İzmir'de Sabriye'nin ailesi de denizden geçimini sağlıyor. Babası Abdurrahim Şimşek, denizden çıkardığı midyeleri satarak para kazanıyor. Daha doğrusu amcası, amcasının oğulları, herkes denizden ve midyeden para kazanıyor bu sülalede. Altı kardeşi var Sabriye'nin. Üç kardeşi ile aynı odada kalıyor. Ders çalışacağı bir masa yok, ama bu durumdan da çok şikâyetçi değil Sabriye.

Okumaya karşı büyük bir hırsı olduğunu söyleyen Sabriye'nin en sevdiği ders İngilizce. Büyüyünce tercüman olmak istiyormuş zaten ve bu konuda çok hırslı. "İki değil, üç değil, tam beş dil öğreneceğim, dünyayı dolaşacağım ve tercümanlık yapacağım" diye iddialı konuşuyor Sabriye.

Çevredeki okullarda bilgisayarı daha fazla olan okullar varmış. Sabriye'nin sınıfında beden eğitimi dersi ile bilgisayar dersi aynı anda yapılıyor. Bir kısım öğrenci beden eğitimi için bahçeye çıkarken, kalanlar bilgisayar dersi için laboratuvara gidiyor. Dostoyevski'nin sıkı bir takipçisi olduğunu söyleyen Sabriye, tatillerde derslerini tekrar ettiğini, kalan zamanlarındaysa basketbol oynadığını anlattı bizlere. Çin Seddi'ni yapan insanlara büyük bir hayranlık duyduğu belli olan Sabriye, en çok burayı görmek istiyor. Sabriye, bu kadar büyük bir eseri meydana getiren insanları harekete geçiren sebebi çok merak ediyor.

Sabriye'nin rüyalarını süsleyen sanatçı ise Ceza. Bir gün onunla tanışmak çok hoşuna gidermiş. Mardinli olmasından dolayı çevresinde çok fazla erken yaşta evlilik olduğunu söyleyen Sabriye, bu konudan çok şikâyetçi olduğunu her haliyle belli ediyor. Sabriye'ye "Bunun sebebi ne sence?" diye sorduğumuzda verdiği cevap gayet açık ve net: "Cahillik."

Kazandığı paranın bir kısmını kimsesizler ve fakirler için kullanacağını belirten Sabriye Şimşek, daha şimdiden sosyal sorumluluk bilincine erişmiş bir çocuk. On üç yaşında bir çocuktan ülkenin sorunlarına karşı çözüm önerileri dinlemek içimizi ferahlattı. Sabriye ve ailesiyle vedalaşıp, bir sonraki hayatı öğrenmek için yola koyuluyoruz.

Emine Şahan, Karşıyaka - İzmir

Söylemiştim daha önce, İzmir'de sevdiğim yerlerden biridir Karşıyaka. İzmir'in en güzide semtidir. Derli topludur, temizdir ve gece yakamozu seyredeceğiniz en güzel yerlerden biridir. Kadifekale'ye bakar karşı yaka. Kadifekale ne kadar geri kalmışsa, Karşıyaka o kadar ileri gitmiştir. Tüm bunlar hafızamda yer eden özellikler Karşıyaka için, ben böyle bilirdim Karşıyaka'yı. Ta ki Emine Şahan'ın evine yolumuz düşene kadar.

O anlı şanlı Karşıyaka'nın ücra köşelerinde yaşayan Emine'nin yaşadığı Karşıyaka ile benim bildiğim ilçe arasında dağlar kadar fark var. Bir tepe, denize uzak, insana uzak, açıkçası her şeye uzak. Ama yoksulluğa çok yakın oturuyor Emine...

Manzaraya hâkim bir yerde Emine'nin oturduğu ev. Bir tarafı yeşillik ve vadi, diğer tarafı İzmir otoyolu. Kurtuluş İpek İşeri İlköğretim Okulu yedinci sınıf öğrencisi olan Emine Şahan, dört kardeşin en büyük ablası. Bütün kardeşlerini çok sevdiğini söylüyor. Evhanımı olan annesinin evdeki en büyük yardımcısı, adeta sağ kolu Emine. Babası plastik fabrikasında işçilik yaparak ailesinin geçimini sağlıyor.

Diğer kardeşleriyle paylaştığı bir odası olan Emine, evdeyken vaktinin büyük çoğunluğunu burada geçirdiğini söylüyor bizlere. Okuldaki öğretmenlerini çok sevdiğini ifade eden Emine, hayattaki felsefesini her şeyi akışına bırakmak olarak açıklıyor. Derslerinin iyi geçtiğini, günlerinin de bu felsefeyle daha huzurlu olduğunu iletiyor.

Emine'nin okulunda her şey dört dörtlük. Çantasını koluna takıp yokuştan aşağı okula giden Emine'nin dönüşü pek o kadar kolay olmuyor. Yokuş yukarı bir hayat zor oluyor onun için. Dört dörlük bir hayatı yok belki Emine'nin ama hayatında dört dörtlük iki arkadaşı var onun: Sultan ile Aylin.

Paylaşma duygusunu, vefayı, arkadaşlığı, her şeyi birlikte öğreniyorlar. "Sultan ve Aylin'i çok seviyorum" derken gözlerinin içi gülüyor Emine'nin. Arkadaşlarının ismini söylemek bile kendisini iyi hissettiriyor anlaşılan. O kadar güçlü bir arkadaşlık ki bu, paylaştıkça büyüyor. "Örneğin Aylin bir gevrek alsa veya ben alsam; üç parçaya böleriz" diyor.

Bir simit parçasının üç kişiye verdiği mutluluğa kaç çocuk şahit olmuştur acaba? Olanakları kısıtlı bir dünyada yaşasalar da en büyük zenginliğe sahip Emine ile tanışmaktan büyük memnuniyet duydum. Parasını bile paylaşan bu üç çocuğun hikâyesi beni inanılmaz derecede etkiledi. Hayatın gerçek anlamıydı benim için Emine'nin anlattıkları.

Peribacalarını görmek istiyormuş Emine, en çok Kapadokya ve Ürgüp'e gitmek istiyor. Çok yakın bir arkadaşının ailesinin baskısıyla evlendirildiğini ve kendisinin bu durumdan çok olumsuz etkilendiğini sözlerine ekliyor. Erken yaşta evliliğin sadece Doğu ve Güneydoğu'nun sorunu olmadığını bir kez daha derinden sarsılarak öğreniyorum. Emine, "Kimse çocuğunu erken yaşta evlendirmesin, okutabildiği kadar okutsun" diye bizim aracılığımızla mesaj gönderiyor büyüklerine.

Beni Karşıyaka'nın öteki yüzüyle tanıştıran Emine'ye çok teşekkür ediyorum. Benim bildiğim Karşıyaka'da bu kadar sıcakkanlı bir insanla tanışmamıştım. Bu Karşıyaka'yı diğerinden daha çok sevdim, her ne kadar yolu uzak ve bozuk olsa da.

Emine'nin yaşadığı yer Karşıyaka'ya bakışımı değiştirdi...

Emine'nin dünyası ders kitaplarının arasında geçiyor...

Konya

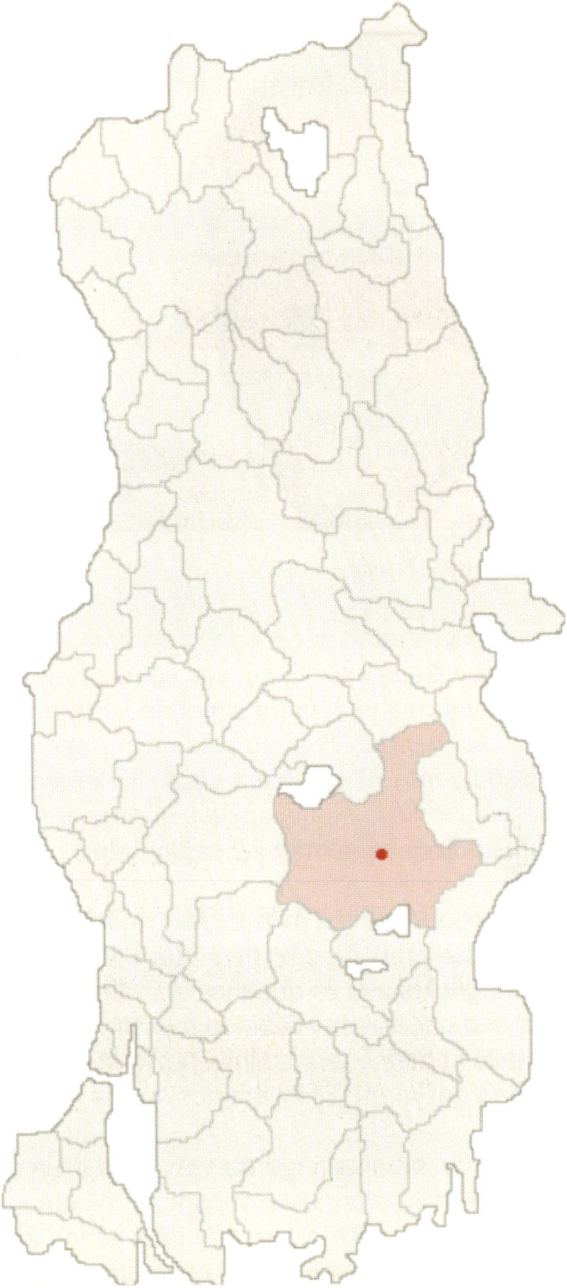

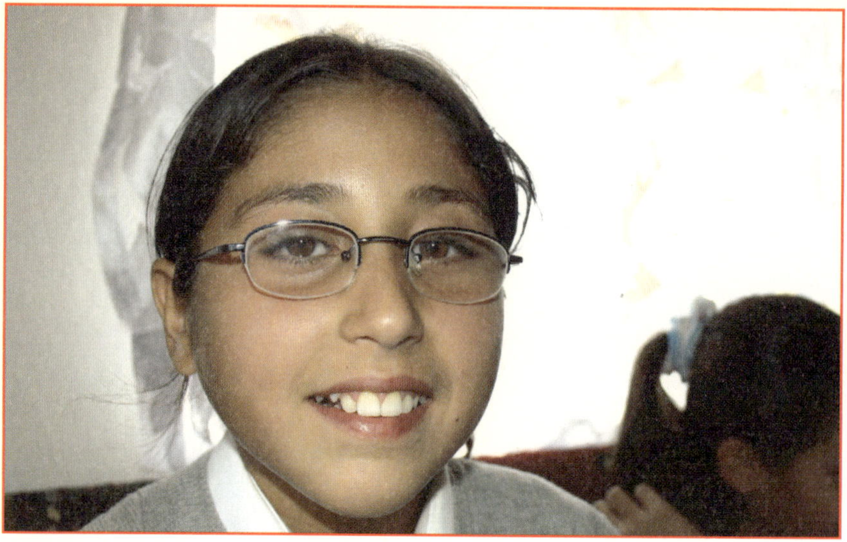

Gülden Çalışkanoğlu, Konya

Daracık ve engebeli yollardan geçip şehrin en ücra kasabalarından birine doğru yola koyulmuştuk... Gerçi yol, sonu gelmeyecek hissi veren devasa bir ovanın tam da üzerinde ilerliyordu... Hafif hafif esen rüzgâr, sonbaharın ilk serin günlerinin habercisi gibi ara ara içimizi üşütüyordu... Kasabaya doğru ilerlerken, ovanın her yanımızı saran sarı ile işlenmiş dokusu sonbaharı daha da yakınımızda, iliklerimizde hissetmemizi sağlıyordu...

Gittiğimiz yerde göreceklerimize mi hazırlıyordu bizi ova... Yoksa bu bozkırın ortasında açmış bir güle mi götürüyordu bizi... Burnumda hissettiğim gül kokusu ile düşüncelerimden bir anda sıyrıldım. Zihnimden geçenlerin etkisinde mi kalmıştım? Konya'nın susuzluk ve ihmalle kaderine terk edilmiş bozkırlarında bu gül kokusu da nereden geliyordu... Heyecanım kat be kat artıyordu...

Karapınar kasabasının tabelasını gördüğümüzde, uzun süren yolculuğumuzun son dakikalarında olduğumuzu düşünüp bir nebze olsun keyiflenmiştim. Kerpiçten yapılmış köhne evler, iç içe geçmiş geniş bahçelerinde sohbete koyulmuş insanlar, şehrin tam ortasında yan yana dizilmiş küçük dükkânlar ve kasabanın erkeklerinin bir araya gelip oyun oynadıkları kıraathaneleriyle tipik bir Anadolu kasabasıydı burası...

Yol kenarında durup şehir meydanında bulunan birine gitmek istediğimiz adresi sorduk, meydandan uzaklaşırsak adres soracak birini bulamamaktan çekindik, öyle ıssızdı ki kasaba günün bu saatinde... Aradığımız evin, kasabanın en uzak köşelerinden birinde yer aldığını öğrendik. Ama küçücük bir kasabada ne kadar uzakta olabilirdi ki, yavaş yavaş ilerledi arabamız...

Aracımızda bize eşlik eden Çağdaş Yaşamı Destekleme Derneği Konya Başkanı Tevfik Bey, "Burası" dedi ileride duran kerpiç, eski, yıkılacakmış hissi veren küçük evi işaret ederek. "Bu evde yaşıyor."

Sıvaları dökülmüş küçücük evin demir kapısı ağır ağır açıldı bir anda. Neredeyse ayak bileklerine kadar uzanan eteği, en az iki beden büyük gelmiş olan ama sakız gibi beyaz gömleği ve bir çift çerçevenin ardından utangaç ama umut dolu bakan gözleriyle karşılıyordu bizi Gülden...

Arabadan inip kapıya doğru ilerlediğimizde, besbelli ki kasabanın tozlu yollarında yürürken rengi griye çalmış beyaz çorapları dikkat çekiyordu Gülden'in. O kadar sevimli, o kadar çocuksuydu ki... Gülden'in arkasında bir anda beliren annesi, yüzündeki içten gülümseme ve gönülden konukseverlikle memleketimin insanının içtenliğini simgeliyor gibiydi.

"Hoş geldin ablam, buyur buyur, içeri buyur" diye bizi hemen içeri davet etti Cevriye Hanım. İki oda ve bir de koridordan oluşan ev, belli ki uzun yıllar önce el emeğiyle inşa edilmişti. Kerpiç duvarları yıllara meydan okumaktan yorgun düşmüş, ahşap zemini ise her adım atışımızda kırılacakmış hissi veriyor, hafif hafif çıtırdıyordu...

Bu eski eve yıllardır yeni olan hiçbir şey girmemişti besbelli, Cevriye Hanım'ın her yıl art arda hayata getirdiği beş minik çocuk dışında... Dört çiçek, bir tane de böcek... Cansu, Gülden, Sonay, Gamze ve İhsan...

Oturma odasına girdiğimizde Sonay ve Gamze karşıladı bizi, yüzlerindeki çekingen gülümseme pek alışık olmadıkları böyle bir ziyaretin onlara verdiği heyecan ve merakı yansıtıyordu. İçinde doğdukları ve büyüdükleri zor yaşam koşulları yüzlerindeki masum ve çocuksu gülümsemeye dokunamamıştı. Işıl ışıl ve yemyeşil gözleri içimizi umutla kapladı, fotoğraf makinemize sarılıp deklanşöre basmaktan kendimizi alamadık. Bir çocuğun pırıl pırıl bakan gözlerini ölümsüzleştirmekten daha anlamlı ve keyif verici ne olabilirdi ki...

Gülden, METRO Group'un tüm Türkiye'de eğitim desteği verdiği bin kızdan yalnızca biriydi. Bu destek olmasaydı okula gidemeyeceğini gözleri dolu dolu bakarak söyledi. Bir damla yaş yanaklarından her an süzülmeye hazırmış gibi buğulu gözlerle bakarak anlatıyordu kendini, minicik ama umut dolu hayatını...

Babası kamyon şoförüydü, haftada bir ya görüyordu ya da hiç göremiyordu babasını. "Biliyorum, bize bakmak için çalışıyor, gecesini gündüzüne katıyor" diyordu. Bu boyundan büyük sözleri annesi Cevriye Hanım'ın gözlerini doldururken, göğsünün gururla kabarmasına da sebep oluyordu. Büyük zorluklarla büyüttüğü kızının yaşından çok daha olgun sözlerle babasına ve ailesine sahip çıkması onu gururlandırıyordu.

Gülden'in en büyük hayali diğer çocuklarınkinden çok farklıydı. Duygusal ve melankolik dünyasında, yaşadıklarının ne büyük etkiler bıraktığı, dudaklarından dökülen her kelimede hissediliyordu. Onun en büyük hayali anne babasına bir ev almaktı... İnanıyordu ki, kendilerine ait bir evleri olursa belki daha sık gelirdi babası eve, onu daha sık görürdü, bir aile olduklarını daha sık hissederlerdi.

İdealleri anne babasını mutlu etmek üzerine kurulu olan bu küçücük kız çocuğu, okula gidebildiği için, eli kalem tuttuğu için yüreğinde umutlarını her daim taze tutabiliyordu. Biliyordu ki, ancak okursa anne babasını mutlu edebilirdi. Türkiyemizin bin bir köşesinde, birbirinden çok farklı ve uzak hayatlar yaşayan binlerce kızımız okula gönderilmedikleri için çok küçücük yaşlarda umutlarını yitiriyor, evlendiriliyor, hata anne oluyor...

Gülden kalın camlı çerçevelerinin ardında gizli, masum ve utangaç bakışlarıyla ağır ağır anlatmaya devam ediyordu. Babasının büyük borç içerisinde olduğunu duymuştu annesi ve babası konuşurlarken... Küçük kardeşi İhsan epilepsi hastasıydı, doğduğu ilk günden beri... O günü çok iyi hatırlıyordu Gülden, kısacık hayatının en hüzünlü günüydü. Ailenin ilk erkek bebeği dünyaya gelmişti ama anne babası çok mutsuzdu, İhsan çok hastaydı çünkü.

Sonraki yıllar da hiç kolay geçmedi, İhsan'ın tedavisi için hastanelerde günler, aylar geçirdiler. Varlarını yoklarını satarak, hatta pek varlıkları olmadığı için büyük borçlara girerek İhsan'ı doktorlara taşıdılar. İhsan'ın sağlık durumunda bir arpa boyu yol alınamazken aile büyük borçlara girdi. Baba BAĞKUR'a dokuz bin beş yüz YTL borçluydu. Gülden bu paranın büyük bir para olduğunu biliyordu yalnızca... Öyle demişlerdi çünkü, annesi babasına "Nasıl öderiz, ne yaparız?" diye ağlamıştı. O ise ne görmüştü, ne duymuştu, ne de dokunmuştu bu miktarda paraya. Çoktu işte, o kadar... Anne babasını derin üzüntülere salacak kadar, evlerinde kara bulutların dolaştığına inanacak kadar, küçük erkek kardeşini kaybetme korkusu yaşatacak kadar... Öyle ya, daha ne olsundu... Gülden'in başka nesi vardı ki hayatta...

Arkadaşı bile yoktu okulda. Sınıftaki çocuklar onunla dalga geçiyorlardı. Hepsinden kısaydı boyu, ufacıktı, tefecikti ve en önemlisi fakirdi ya, sevmiyorlardı onu. Gülden böyle olduğunu düşünüyordu. "Yoksa niye sevmesinler ki beni, ben onları çok seviyorum" diyordu boncuk gözlerinden boncuk gibi yaşlar süzülürken.

Küçücük kalbini yoran fırtınalar yetmiyormuş gibi, kendi

sağlık sorunları da sosyal yaşama olan bağlılığını ve inancını baltalıyordu. Tahtayı göremiyordu, çok zorlanıyordu dersi takip ederken... Sınıftakilere ona acımaları için bir şans daha vermemek için söylemiyordu, gizliyordu onlardan ama gerçekler hep olduğu gibi yine çok acıydı Gülden için: Bir gözü yarı yarıya görmüyordu. Küçükken şaşılık tedavisi görmüştü, ameliyat edilmişti ve işte sonuç buydu... Tahtadan göremediğini yanındaki arkadaşından bakmaya çalışıyor, sessiz sakin dersini takip ediyordu.

Tüm bu konular Gülden'in gülden yapılmış kalbini inceden sızlatmıştı tekrar, çok duygulanmıştı, belliydi. Kendisine tüm bu zorluklar içerisinde okula gitme, "büyük insan" olma şansını verdiklerine inandığı misafirlerine bir şarkı söylemek istediğini söyledi. Gülden bizi her saniye şaşırtmaya devam ediyordu. Minicik bir kız çocuğunun duygu dünyası bu kadar geniş ve bu kadar sevgi dolu olabilir miydi? Oluyordu işte, onun kalbi güldendi çünkü...

Bu yaştaki bir çocuğun ne yaşının, ne de kalbinin taşıyamayacağı kadar acı dolu sözleri olan, ama yine de içimizden sımsıcak duru bir su akmış gibi hissettiren berrak sesiyle bir şarkı söyledi Gülden. O an bambaşka biri oldu sanki. Kendini sahnede mi hayal ediyordu acaba minik, hayal dolu dünyasında; belki de öyleydi, neden olmasın... O an ne kadar duygusal ve melankolik bir çocuk olduğunu apaçık seyrediyor, aklımızdan geçen bin bir soruya yanıt bulmaya çalışıyorduk. Acaba bambaşka bir yerde dünyaya gelse dünyaca ünlü bir sanatçı olabilir miydi Gülden? Ne eksiği var ki tüm diğer çocuklardan? Koca bir hiç... Gülden elleri, gülden bir sesi, gülden bir kalbi vardı, daha ne olacaktı ki...

Müzik okulu açmayı da hayal ediyordu Gülden zaman zaman, kendini piyano çalarken düşlüyordu. "Okula gitmeden önce hiç hayal bile edemezdim bunları, şimdi aslında yapabilirim bir gün, neden olmasın diye ümitleniyorum" dedi mahçup ve samimi gülümsemesiyle. Dünyası genişlemişti, hayalleri bir adım daha yaklaşmıştı sakin ve dış dünyaya çok uzak olan iç dünyasına.
Çok başarılı bir çocuk olacağına gönülden inanmıştık Gülden'in.

Bu kadar masum ve mahsun bir kız çocuğunun, hayat yolunda bu denli kararlı ve umutlu adımlar atması daha binlerce kızımız için içimizi ısıttı. Daha nice zeki ve yetenekli kızımıza okuma şansı vererek aslında ne büyük bir hayat yolu açtığımızı düşünüp gururlandık. Ne denli önemliydi onların okuması, geleceğin annelerinin, eşlerinin, ablalarının, öğretmenlerinin, doktorlarının okula gitmesi ne denli önemliydi... Bunu bir kez daha anladık Gülden'in gülden gözlerine bakarken...

Gülden ve kardeşleri birlikte oldukları zamanları en iyi şekilde değerlendiriyor...

Sevim Pınar Gökmen, Konya

Konya'nın çorak topraklarındaki yolculuğumuz, yeni bir hayat hikâyesine götürüyordu bizi. Gülden'i, Gamze'yi tanımak ne çok şey öğretmişti bize… Kalbimizin derinliklerine, hiç dokunulmamış, belki de unutulmuş yerlerine dokunuyordu sanki her biri. Unutmuş muyduk acaba kalbimizin o en naif noktalarını? Yaşam bizleri köreltirken kalplerimizi de mi soğutmuştu? Oysa ne kadar yumuşacık bir kalbi vardı Gülden'in, Gamze'nin… Sevilecek ne çok yanları vardı bu küçük kalplerin…

Nedense hiç şaşırtmadı bizi karşımızda Sevim'i görmek, adı gibi kendini sevdirecek ne çok yanı vardı. Okul koridorunda belirdiğinde, dizlerinin altına uzanan eteği, tertemiz gömleği ve özenle örülmüş beliğiyle annesinin kucağında özenle hazırlanılıp okula gönderilmiş bir kız çocuğunu andırıyordu. Gözlerinin içi gülüyor, onu ziyarete gelmiş olan bizlere mahçup bakışlarla gülümsüyordu. Gerçek ne acıydı oysa Sevim için…

Daha on dört yaşında, bir insanın yaşayabileceği en ağır travmaları yaşamış ve atlatmış koskoca bir kızdı Sevim. Küçük kalbinin taşıyabileceğinden çok ağır olaylar yaşamıştı. Anne babasını kaybetmişti Sevim, art arda. Annesi için mi, yoksa babası için mi yas tutacağını bilemeden öylece yapayalnız kalmıştı.

Öyle hissetmişti acıyı en derin duyduğu zamanlarda ama sonra yalnız olmadığını fark etmişti. Dedesi ve babaannesi vardı yanında, kanatlarının altına almışlardı Sevim'i ve örselenmiş kalbini. Küçük kız kardeşi de vardı hem. Küçücüktü ama birlikte başarmışlardı her şeyi. Anne babasını hiç üzmemişlerdi onları kaybettikten sonra, sımsıkı kenetlenmişti iki kardeş birbirine...

Dedeleri baba, babaanneleri anne olmuştu artık onlar için. Yaşlı dede ve babaanne anlatmakta zorlanıyordu hikâyelerini. Biricik oğullarını ve gelinlerini kaybetmenin acısı bir yana, torunlarının yarınları ürkütüyordu onları. Nasıl toparlanacaktı bu minicik çocuklar, nasıl hayata geri döneceklerdi?

"Her şey, her gün çok zordu" dedi dede, gözleri dolu dolu. Nasıl geçmişti onca gün, ay ve yıl, bir de bana sorun der gibiydi yaşlı gözleri. Yerden kaldıramıyordu hüzünlü bakışlarını, göz göze gelmek özgür bırakmak demekti yıllardır hapsettiği gözyaşlarını. Torunları görmemeliydi onun ağladığını, o evin babasıydı ve güçlü olmalıydı.

Birlikte göğüs germişlerdi o en zor günlere, evet, geride kalmıştı artık ama küçük kız kardeş Esmanur içlerini parçalıyordu hâlâ. Esmanur oğullarının ikinci eşinden olan kızıydı. Onun annesi hayattaydı ama Esmanur onu görmek bile istemiyordu. Daha beş yaşında annesinin onu bırakıp gittiğine inanıyor, kalbinin en saf yerlerinde derin bir nefret büyütüyordu. Babası ölmüştü, onun için annesi de ölmüştü. "Anne" kelimesini duymak dahi küçük ayaklarını yere vurup kaşlarını öfkeyle çatmasına yetiyordu.

Sevim, kardeşi için güçlü olmalıydı, öyle de olmuştu. Ağzından hüzünlü sözler değil, yaşama sıkı sıkı bağlı olduğunu ısrarla vurgulayan güzel sözler dökülüyordu. "Annemle babamı kaybetmek çok acıydı ama artık yas tutmuyorum. Yas tutmam, hayata küsmem onları mutlu etmezdi, biliyorum" diyor Sevim, hepimizi kendine hayran bırakan bir edayla.

Annesini kanser hastalığı ellerinden alıp götürmüştü. Sevim hiç unutmamıştı o günleri ve hayatının kararını vermişti. "Annemi bizden alan kanserin başka çocukları da yalnız bırakmasını istemiyorum. Doktor olmak ve annem gibi kanser hastalarını tedavi etmek istiyorum" diyordu. Bir çocuğun hayatını değiştiren en büyük acının, hayatının en önemli kararlarından birini vermesine nasıl neden olduğunu apaçık görüyor, hissediyorduk. Çok güçlüydü Sevim, yaşından çok daha olgun bir ablaydı o.

Kardeşinin annesine karşı büyüttüğü nefreti dindirmek istiyordu. Kalbinde onu annesiz ve babasız bırakan hayata karşı yıllar önce büyüttüğü nefreti kardeşinin annesine karşı büyütmesini istemiyordu. O artık dindirmişti içindeki fırtınayı, "Babam istemezdi biliyorum bu nefretle büyümemi" dedi babasının masanın üzerinde duran fotoğrafına bakarken.

Gelecek hedefleri çok net olarak çizilmiş olan Sevim'in derslerinde de çok başarılı olması şaşırtıcı değildi. Fen bilgisi onun vazgeçilmeziydi. İnsan vücudu ve anatomi ilgisini çok çekiyordu. İnsan vücudunun içinde barındırdığı gizem içine alıveriyordu Sevim'i. Vücudun bir mikroba nasıl yenik düştüğü ya da ona karşı nasıl galip gelebildiği hayatta yanıtını almak istediği en büyük sorulardan biriydi.

Okulunun eksiklerini bir bir sıralarken heyecanla sesini yükseltiyordu. "Spor salonu ve kütüphane eksik, bizim için yeterli değil" diyordu ısrarla. Oysa onlar da hak ediyordu tüm bu imkânları diğer birçok yaşıtları gibi. Ama yine de pes etmiyordu, arkadaşıyla şehirdeki diğer kütüphanelere gidip kitap okuduklarını anlatıyordu zevkle. "Kitap okumak, stres atmak için birebir" diyordu.

Öğretmeni de sözel yeteneklerini göz ardı etmiyordu Sevim'in.

İçindeki çocuksu merak, hayatı boyunca onu bırakmasın istiyordu. Dünyayı gezmeyi hayal eden Sevim'in umut dolu hayallerinin olması onu mutlu ediyordu. Hayat dolu bir kız çocuğunun, hayalleri olduğu sürece mutlu olacağını, hayata bağlanacağını söylüyordu. Sevim'in sevimli hayallerinin hayat bulmasında küçücük de olsa bir katkıda bulunmak dileğiyle yanından ayrıldık...

Eğitimlerine destek verdiğimiz her kız çocuğu bir nefer, ışığı bir sonraki nesile aktaran...

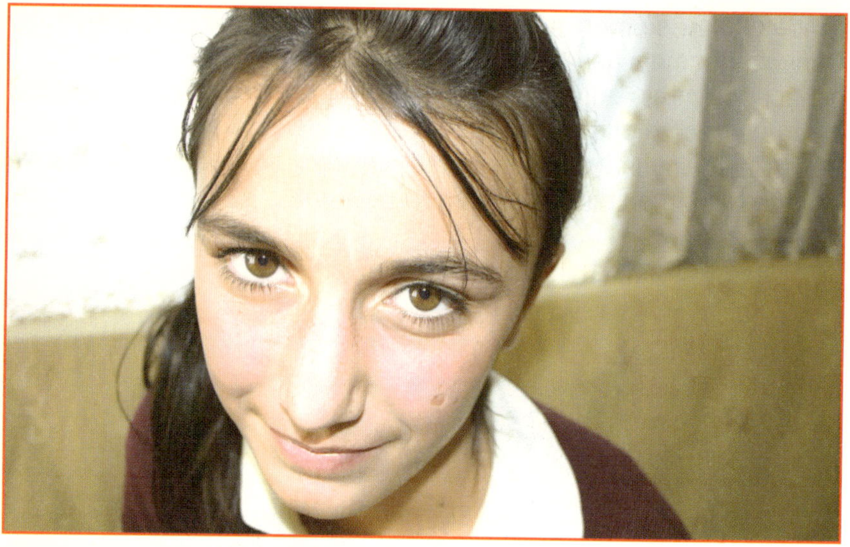

Gamze Adıyaman, Konya

Şehrin en uzak köşesindeki evine ulaşana kadar sırtındaki kocaman çantasıyla birlikte ıssız yolun kenarında uzun bir yol kat etmesi gerekiyordu... Her sabah erkenden ve her akşam okul çıkışı kat ettiği bu ıssız yol, onun için günlük, sıradan bir yolculuktu... Kış aylarında iliklerine işleyen soğuk hava ve yaz yazlarında bunaltıcı sıcağın altında döktüğü boncuk boncuk ter de, Gamze'nin bu uzun yol kadar alışık olduğu durumlardı.

Annesi artık birer genç kız olan Gamze ve iki kız kardeşinin bu ıssız yol boyunca yaz kış, gece gündüz demeden yürümek zorunda olmasından hiç de memnun değildi. Haklıydı ve korkuyordu. Çalılar ve otlar arasında ilerleyen bu toprak yol onu çok huzursuz edecek kadar tenhaydı.

Terzi olan baba çoğu kez geç saatlere kadar çalışmak zorunda kalıyordu. Anne evin biraz ilerisindeki dev inşaatın mutfağında çalışıyor, yemek ve çay kahve servisi yapıyordu. Uzun süre iş bulamamış, sonunda evine temizliğe gittiği Ayşe Hanım inşaatın sorumlularından birine onu önermişti. Öylece başlamıştı işe, şükrediyordu haline.

METRO Group olarak eğitim desteği verdiğimiz kızlarımızdan bir diğeri de Gamze'ydi. Okulundan aldığımız Gamze'yle her gün yürüyerek gelip gittiği toprak yolda araçla ilerliyorduk. Göz gözü görmüyordu yükselen toz bulutu içinde. Şehir bitmişti artık, şehirden oldukça uzak bir yerde olduğunu anladığımız evlerine doğru gidiyorduk. Yolun ortalarında bir yerde, hiçbir evin olmadığını düşündüğümüz bir noktada Gamze, "İşte burası" dedi. Yolun kenarındaki devasa tümseğin arkasını işaret ediyordu.

Yol kenarında, tümseğin arkasındaki dev çukur alanda bulunan evi zorlukla fark ettik. Kerpiçten yapılmış, boyası dökülmüş, eskice bir evdi. Babası elleriyle yapmıştı bu evi Gamze'nin, ne olursa olsun göz nuruydu hepsinin.

Annesi bizi içeri buyur etti hemen çekingen ve misafirperver tavırlarıyla. Salonda bulunan eski bir teyp, küçücük eski model bir televizyon ve boyası kalkmış demir soba ile borular, yaşadıkları zorlu hayatın şahitleri gibiydi.

Gamze çok başarılı bir öğrenciydi. Evlerinde ders çalışabileceği ayrı bir odası yoktu, olsaydı bile kış günlerinde soba salonda olduğu için diğer odalara gidemezdi. Salonda kitaplarını divanın üzerine koyuyor, kendisi de yere oturup çalışmaya çalışıyordu. Zor oluyordu ama kararlıydı o, okuyacaktı.

Annesinin en büyük dileği onların yaptığı hataları kızlarının yapmamasıydı. İlkokul mezunuydu, ama birçok üniversite mezunundan daha modern ve bilinçli konuşuyordu. "Biliyorum" diyordu. "Erkek çocuğu ne yapar eder, okusa da okumasa da kendine bir iş bulur. Kız çocuğu öyle mi? İşi, mesleği olmazsa, eloğlunun eline bakarsa hayatı boyunca mutsuz olur, başka bir adamın verdiği paraya muhtaç kalır, ziyan olur."

Üç çocuğu vardı. Üçünü de okutmak için canlarını dişlerine takmışlardı kocasıyla. Gencecik ruhu, yılların yüzünde bıraktığı onlarca kırışığın arkasına saklanmıştı sanki. Çok genç yaşta evlenmiş ve anne olmuştu. İlkokul mezunuydu. Karşımızda böylesine derin ve anlamlı konuşan bir kadın gördüğümüzde "Ya okusaydı?" diye sormaktan alamadık kendimizi. Kim bilir ne güzel işler yapardı bu ülke için. O ve onun gibi okula gidemeyen niceleri, toplumun kalkınması için neler yapabilirlerdi bugüne dek...

Kızının kendisi gibi olmamasını istiyordu, bu çok acı bir itiraf olmalıydı bir anne için ama gerçek buydu. Gamze'yi doktor hayal ediyordu. "Yakışmaz mı kızıma doktorluk, bir bakın hele" dedi. Gamze ışıl ışıl gözleriyle keyifle gülümsedi. Ama onun hayalleri başkaydı. Çocukları çok seviyordu Gamze, anaokulu öğretmeni olmaktı hayalini kurduğu meslek. Annesi çalıştığı zamanlarda kardeşlerine anne şefkatiyle bakıyordu, annesinin eli koluydu ev işlerinde. Küçücük yaşında evin küçük annesi olmuştu.

Ev ile Kozağaç İlköğretim Okulu arasında geçen hayatı hayalleri kadar büyük değildi şimdilik. Tatillerde bile evden dışarı pek çıkamıyordu, bol bol kitap okuyup annesine yardım ediyordu. İmkânları yoktu öyle güzel tatiller, geziler yapmaya. Yine de hiç gocunmuyordu fakir bir ailenin çocuğu olmaktan, memnundu hayatından. Daha önce birkaç kez yaz tatillerinde gittiği anneannesinin dağ köyü dışında Konya'nın dışına hiç çıkmamıştı. Konya'da bile o kadar çok yer vardı ki gidemediği, göremediği...

Ankara ve İstanbul'u televizyonda görmüştü sayısız kez, çok merak ediyordu oradaki hayatı... Gerçekten dizilerde, filmlerde olduğu gibi miydi acaba? Hep duyduğu, İstanbulluların çilesi haline gelmiş trafik sorununu bile merak ediyordu, nasıl oluyordu acaba, o kadar çok araç nasıl aynı yolda ilerleyebiliyordu. Çok büyük bir şehir olmalıydı İstanbul, çok...

Boyundan büyük lafları kalbinin aynası gibiydi Gamze'nin. Yaşıtlarının basketbol, voleybol ve birçok çeşit sporla ilgilendiğini görüyordu televizyondan. O ise okula gidebildiğine şükrediyordu. Her şeyin farkındaydı ve adaletsizliklerin sadece onun kaderi olmadığını biliyordu. Okullarına basketbol ve voleybol sahası yapılması en büyük hayallerinden biriydi. “Bir gün bu şehirde vali olursam yapacağım ilk iş okullara spor sahaları yaptırmak” diyordu. Atatürk’ün ünlü sözünü de sözlerine ekliyordu gözleri ışıl ışıl parlarken: “Sağlam kafa sağlam vücutta bulunur.”

Ekonomik ve sosyal sayısız sıkıntı içinde büyüyen binlerce kızımızı düşünüyorduk Gamze’nin yıllar yılı içinde büyüttüğü sözlerini dinlerken. Hüzün ve gurur aynı anda sarmıştı içimizi. Hüzünlüydük, çünkü Gamze gibi binlerce kızımız eğitim imkânı bulamadan genç yaşlarında evlendiriliyordu. Gururluyduk, çünkü Gamze gibi pırıl pırıl kızlarımızın olduğunu bilmek, sınırlı eğitim şartlarında dahi nasıl içi dopdolu sözler edebildiklerini görmek bize gurur veriyordu.

Gittiğimiz her ilde, projemizin ne kadar küçücük hayatlara ne kadar büyük anlamlar ifade ettiğini tekrar tekrar görmek, sosyal sorumluluğun ne anlama geldiğini bizlere bir kez daha gösteriyordu…

Çok düşündük Gamze kime benziyor diye...
Sonunda bulduk! İşte Konyalı Penélope Cruz

Muş

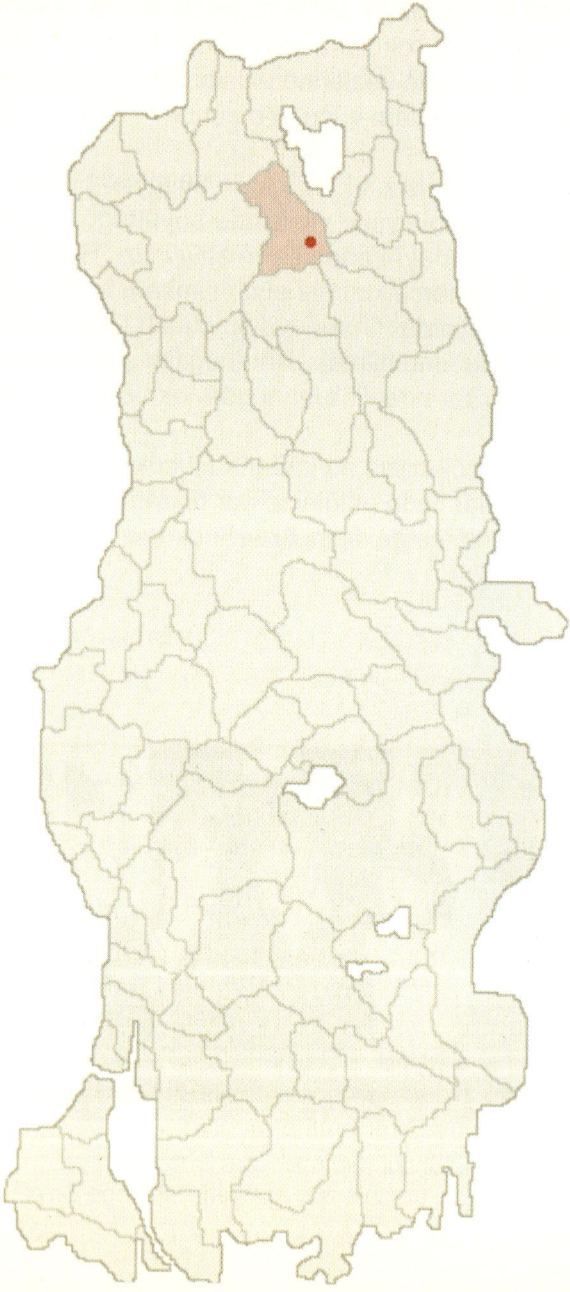

Yolu yokuş mudur, düz müdür bilinmez. Ama orada bir il var, fakat çoğumuzun haberi yok. Eğer haberimiz olsa, büyükşehirlerde hepimizi bir karabasan gibi boğan stres ve sinirlilik halimizden eser kalmaz. Hayatta sahip oldukları Türkiye'nin bütün illerinden daha geri, ama onların yüzünden gülümseme hiç eksik değil. Hayat yormuş ama yüzlerinde inadına bir gülümseme var Muşluların.

Resmi kayıtlara göre 400 bin nüfusu olan Muş, sosyal gelişmişlik düzeyi açısından Türkiye'nin 81'nci ili konumunda. Yani sonuncu... Gitsen gidilmez, gelmeye kalksan gelinmez bir şehir Muş. En yakın komşuları Van, Diyarbakır, Erzurum ve Bingöl ile arasında ortalama dört saatlik bir mesafe var. Aslında Muş uzaklığın gerçek anlamda tarifi olması gerek. Yol uzak, düş uzak, hele hayaller dağlar ardında. Ama bunların dışında her şey yakın. Yiyecek yemeği olmayan, sofrasında kuru ekmeği paylaşmaya hazır. İçten bir selamlaşma ve girdiğiniz sohbetin son cümlesini hep karşı taraf söylüyor: "Başım gözüm üstüne..."

Türk Hava Yolları'nın tarifeli seferi ile 12:30'da yola çıktık Muş'a doğru. Saat 14:40'ı gösterdiğinde Muş Havaalanı'na iniş yaptık. Yani tam iki saat on dakika. İstanbul'dan kalkan uçaklar Macaristan'a, Yunanistan'a, Çek Cumhuriyeti'ne ve daha birçok Avrupa ülkesine yakın saatlerde ulaşıyor. Avrupa modern, uygarlık düzeyi yüksek, ya bizim öz kardeşimizin yaşadığı Muş, giden gelmiyor, gelen ise bir daha hiç gitmiyor; acep nedendir?

Havalimanından çıkarken, Muş'un ne kadar küçük ve gelişmemiş bir bölge olduğuna adeta canlı şahitlik ediyorsunuz. Köy diye adlandırabileceğiniz bir beldenin içinden geçerken, toz toprak ve çamurlarla mücadele verdikten sonra asfalt yola ulaştık. Muş'a gelince aklımızdaki ilk iş Muş'un yeni valisi Erdoğan Bektaş ile görüşmek olmuştu. Bu sebeple, Muş Valiliği'ne doğru hareket ettik. Vali Bektaş bizleri makamında ağırladı. Son derece çalışkan bir valisi var Muş'un. En azından Muş Ovası'nda yeniden tarım yapılabilmesi için kolları sıvamış. Yaklaşık yetmiş kilometrelik yapay bir nehir inşa ediliyor Muş Ovası'na. Bu drenaj kanalları Muş

Ovası'nı su taşkınlarından koruyacak. "Çoğu gitti azı kaldı" diyor Vali Erdoğan Bektaş.

Muş'un yolunun yokuş olup olmayacağını soruyoruz kendisine, şöyle bir arkasına yaslanıp cevaplıyor:

"Ben beş aydır buradayım, daha önce beş altı yıl bu bölgede çalıştım. Muş çevresindeki büyük illerin potansiyelinden geri kalmıyor. Muş'un bir özelliği var, çevremizdeki büyük illere 250 kilometre mesafedeyiz. Muş tam orta noktada bulunuyor. Muş coğrafyasının üçte biri ova. Bu ovanın devreye girmesi için gerekli altyapı çalışmalarını yapıyoruz. Şimdi Muş'un yolu yokuş mu? Kesinlikle yokuş değil. Muş çok kısa sürede çevresindeki büyük şehirlere benzer bir gelişme gösterecek. Ben Muş'un asla yolunun yokuş olmayacağına ve bu iş çözeceğimize inanıyorum."

Vali Erdoğan Bektaş ile görüştükten sonra içimiz ferahlamıştı. Kız çocuklarıyla görüşmenin zamanıdır dedik kendi kendimize.

Hatice Sönmez, Muş

Çağdaş Yaşamı Destekleme Derneği'nin Muş'ta bir şubesi yok, bu yüzden İstanbul'dan Nazmiye Gündüz ile birlikte gelmiştik. Nazmiye Hanım bu bölgeye defalarca gelmiş, Doğu ve Güneydoğu Anadolu'yu ilçe ilçe bilen biri. Keyifli bir yolculuk bizi bekliyordu ve hiç zaman kaybetmeden Muş'un Erzurum yolu üzerinde kalan Alpaslan Yatılı İlköğretim Bölge Okulu'na doğru hareket ettik.

Okul müdürü Mehmet Bey bizi büyük bir heyecanla karşıladı. Hani uzaktan bir akrabası gelmişçesine bize kucak açtı. "Her istediğiniz yardıma hazırım, söyleyin hemen halledeyim" diye başlangıçta bize açık bir çek verdi. Mehmet Bey, eğitime gönlünü kaptırmış bir serdengeçti. Öncelikle bize okulu hakkında bilgi veriyor. Sekiz yüz öğrencinin yatılı kaldığı okula öğrenci bulabilmek amacıyla en ücra köylere kadar gittiklerini ve aileleri ikna ettiklerini söyledi.

Özellikle bu yıl amaçlarına gerçek anlamda ulaştıklarını söyleyen Mehmet Bey, okulunun tam kapasiteyle hizmet verdiğini, hatta birkaç öğrenciyi geri çevirmek zorunda kaldıklarını söyledi. Bu sözleri söylerken, üzüntüsü yüzünden belli olan Mehmet Bey, "Kız çocuğu babasını belli ki zor ikna etmiş okula gitmek için. Kapımıza kadar geldiler, okulumuzda yer yok dememle birlikte, çocuk hıçkırıklarla ağlamaya başladı. İnanın dünyanın başıma yıkıldığını sandım" diye açıkladı duygularını.

Ağlayan kız çocuğunun arkasından çaresizce bakakaldığını söyleyen Mehmet Bey, "Doğu'nun sorununu çözmek istiyorsak, yatılı ilköğretim okulları yapmamız gerekir. Aileler kız çocuklarının güvende olacağı okullara gitmesine izin veriyor" dedi.

Daha sonra eğitimlerine destek verdiğimiz kız çocuklarından Hatice Sönmez'in ders yaptığı sınıfın önüne geldik. Arkadaşlarının arasında sınıfta ders yapan Hatice'yi ve öğretmeni rahatsız etmemek için teneffüs zili çalana kadar bekledik. Bu bekleme anında boş durmayalım, bari çevredeki insanlarla konuşalım dedik.

O esnada bahçede dolanıp duran yaşlıca bir amca dikkatimizi çekti. Biraz da çekinerek yanına gittik. "Amca hayırdır, ne yapıyorsun burada?" diye sorduk. Amca diye seslenmemiz adamın garibine gitmişti ve sorumuzu kaç yaşındasın diye değiştirdik. "Otuz üç" yanıtını alınca bir an irkildim. Hayat otuz üç yılda bu kadar yıpratır mı insanı? "Burada böyle" dedi, yarım yamalak konuştuğu Türkçesiyle.

Altı çocuğundan biri bu okulda okuyormuş otuz üç yaşındaki yorgun aile babasının. Her gün kırk kilometrelik yoldan kızıyla gelip, yine kızıyla akşam eve dönüyorlarmış. İşte Doğu'nun değiştiğine dair en güzel işaret. Daha Türkçeyi bile zar zor konuşan, üstelik hayatın bütün acılarını acelesi varmış gibi üst üste çekmiş biri, kızını okula kendi elleriyle getiriyor. Hem de kırk kilometre öteden...

Bu arada zil çalıyor ve bahçe bir anda çocuk sesleriyle dolup taşıyor. Birbirinden meraklı yüzlerce çocuk bir anda etrafımızı sarıyor. Hepsine dokunmak geliyor insanın içinden. Çünkü biliyorsunuz ki, onların da beklentisi tam olarak bu. "Biz buradayız ve sizinle aynı düşünceleri taşıyoruz. Hatta yaşadığınız hayatı paylaşıyoruz" anlamına geliyor, bu çocuklara her bir dokunuş.

Okulda çocukların arasında Hatice Sönmez ile konuşmanın zor olacağını düşünerek, Hatice'nin evine doğru hareket ediyoruz. Hatice'nin evi yaklaşık beş kilometre ileride ama, yine de okulda yatılı kalıyor. Hatice'nin kendinden bir yaş küçük kardeşi de aynı okulda yatılı kalanlardan. Çünkü ailenin maddi durumu yeterli değil. İki kız çocuğunun yediği yemekten ne olacak demeyin, göze geliyor işte Hatice ve kız kardeşi.

Hatice on dört yaşında, babasına kalsa onu hiç okutmayacak. Ama okul müdürü Mehmet Bey'le mücadele etmeyi pek göze alamadığı için kızını mecburen okula gönderiyor. Özgür Evler Mahallesi diye bir yerde oturuyorlar, fakat ortada mahalleden sayılabilecek en fazla on ev görebiliyorsunuz. Her yanımız alabildiğine ufuk manzaralı.

On bir kardeşli bir ailenın ferdi Hatice, gözlük üstünden bakışı ve bilgin edası etkiliyor beni. On bir kardeşle bir arada yaşamak nasıl bir duygu diye soruyorum Hatice'ye, başlıyor anlatmaya:

"On bir kardeşiz ama üç ablam evli, bir de ağabeyim evli. Ablamın biri Bursa'da, biri Manisa'da, biri de Muş'ta yaşıyor." Ben hemen araya giriyorum. "Kaç yaşında evlendiler peki?" diyorum. "Valla hepsi de küçük yaşta evlendi. En büyüğü evlendiği zaman on beş yaşındaydı" diye cevap verdi bana.

Hatice kardeşlerini teker teker anlattı. Sanki saatler geçmiş gibi hissettim kendimi. Bu arada evde değil, bahçede yapıyorduk görüşmemizi ve çevremizde irili ufaklı onlarca çocuk koşuşturup duruyordu. Her biri kendini fark ettirmek için türlü oyunlara girişmiş.

Babasının asıl mesleğinin çiftçilik olduğunu söyleyen Hatice, kavun, şekerpancarı ve buğday ektiklerini söylüyor. Tarlanın kendilerinin olmadığını, kiraladıklarını söyleyen Hatice, "Babam kiralıyor, biz çalışıyoruz. Kazandığımız paranın yarısı ile evin yıllık kirasını veriyor, diğer yarısını da masraf yapıyoruz" dedi.

Yaz tatillerinde de tarlada çalışmaya devam ettiklerini vurgulayan Hatice, yaz tatillerinin kendisi için oldukça yorucu geçtiğini belirtti. “Yorucu, gerçekten yorucu” diye konuşan Hatice yaşadığı ıstırabı şöyle anlatıyor:

“Tarlada çalışmak gerçekten çok eziyet verici. Özellikle çapa yapmak... Vallahi ben çapa yaparken ablamlarla konuşuyorum ve dünyanın en zor iş çapa yapmak diyorum. Bir saat otları toplayacaksın, temizleyeceksin, yani tertemiz kalacak tarla. Çapadan sonra hayvanlara bakmak da zor bir iş. Annem hasta olmasa hayvanlarla o uğraşıyor ama şimdilik ona biz yardım ediyoruz. Hayvanları otlatmaya götürüyoruz, çoban var, o da yapıyor. Hayvanları biz sağıyoruz, ablam sağıyor. Elde ettiğiniz sütse ancak evin ihtiyaçlarını karşılıyor işte.”

Okulunu çok seviyor Hatice: “Bizim okulumuz Muş’ta birinci” diyor. Masa tenisini çok seviyor, en samimi arkadaşı Ebru Yılmaz ile aynı yurtta kalıyor. Ebru Alican köyünde yaşıyormuş, o da ailesine yük olmamak için yurtta kalmayı tercih etmiş. Akşam olup Muş’un üzerine efkâr basınca, Ebru ile Hatice yurdun kasvetli havasından sıyrılıp dost sohbetine dalıyor. Birbirleriyle sırlarını paylşıyorlar, en çok da Hatice konuşurmuş, bu özel paylaşım anlarında. Ailesini anlatırmış Ebru’ya. Ebru’da anlatıyor elbette, çünkü yakın dostlar.

Hayattaki en büyük gayesi öğretmen olmak Hatice’nin, öğretmen olup ailesinin karşısına çıkmak istiyor. En çok sevdiği yazar Halit Ertuğrul, sevdiği kitaplar ise Canan, Kendini Arayan Adam ve Aysel. Bir devrin kalbinin attığı Çanakkale Boğazı, Hatice’nin en çok görmek istediği yerlerin başında geliyor. “Çanakkale’de şehitlerimiz var, onlar bu vatan için savaşıp şehit olmuşlar, ben gerçekten orayı görmeyi çok istiyorum” diyor. İstanbul, Ankara demesini beklerken, Hatice Eskişehir’i görmek istediğini söyledi ikinci olarak. Sebebini sordum merakla. “Çünkü çok sevdiğim bir öğretmenim var orada. Yanına gidip elini öpmek isterdim” diye yanıtladı beni.
Yaz tatili konusu tekrar açılıyor sohbetimizin geri kalanında. Deniz,

kum ve güneş diyorum. Ah diye iç geçiriyor Hatice. "Özeniyorum vallahi" diyor. "Antalya, Alanya, güzel yerler olmalı" diye sözlerini sürdürüyor. Gönlünü alma gereği hissediyorum kendimce. "Olsun bak, sizin de kocaman bir ovanız var. Her güneş batışında kırmızı halı serilmişçesine muhteşem bir manazaraya karşı oturuyorsun" diyecek oluyorum, ama sonra kelimeler boğazıma düğümleniyor. Söylediğime ben bile inanmıyorum çünkü. Hatice, televizyonlarda ve gazetelerde gördüğü hayata özeniyor. Ne gelir ki insanın elinden, çaresiz bir bakış ve konu değiştirmekten başka...

Hayatta sevdiği hiçbir sanatçı olmamış Hatice'nin, daha doğrusu düşünmeye vakti bile olmamış. Batı'da onun yaşında kız çocukları bir çırpıda onlarca sanatçı ve yüzlerce şarkı adını ezbere sayarken, Muşlu Hatice, "Bilmem ben öyle şeyler" diye yanıt veriyor bize.

Dışarıda oturuyoruz biz. Hatice turşu kaynatılan kazanların önüne, çürümüş bir sandalye üzerine kurulmuş, ben de arkalığı olmayan bir sandalyenin. O esnada evin kapısının hafif aralandığını fark ettim. Hatice'nin annesi, yüzünü göstermemeye özen göstererek, eşini kapı aralığına çağırdı. Daha sonra Çağdaş Yaşamı Destekleme Derneği'nden Nazmiye Hanım bu sohbete dahil oldu. Meraklanmıştım, neler konuşuyorlardı acaba?

Hatice ile sohbetimize biraz ara verip, Nazmiye Hanımların konuşmasının bitmesini bekledim. Nazmiye Hanım yanımıza gelince, "Bir aksaklık mı var?" diye sordum. Hatice'nin annesi Türkçe bilmiyormuş, Nazmiye Hanım'a bir şeyler anlatmak istemiş, anlamayınca da Hatice'nin babasını çağırmış. Hatice'nin annesi, Nazmiye Hanım'a birkaç tavuk yakalayıp vermeyi teklif etmiş. Akşam yemeğinde kesip yememiz için cömert bir teklifti bu yapılan. Yiyecek ekmeği bulmak için tarlalarda saatlerce çapa yapan, kendinden büyük hayvanların peşinde bir ömür tüketen kadının bu teklifi hislerimi harekete geçirdi. Yemez yedirir, işte Anadolu kadını bu...
Biraz aranın ardından Hatice ile sohbetimize devam ediyoruz. Televizyon seyrediyormuş son günlerde, özellikle "Yaprak Dökümü" ve

"Arka Sokaklar" isimli dizileri. "Arka Sokaklar" isimli diziyi daha çok seviyormuş. Çünkü kahraman insanlar görmekten hoşlanıyormuş Hatice. Kahramanlık Hatice'nin hayalleri arasında ikinci sırada yer alıyor. Önce fen bilgisi öğretmeni olmayı deneyecek, o olmazsa polis olacak.

Muş'ta oluruz da erken yaşta evlenen olmaz mı? Herhalde Hatice'nin çevresinde erken yaşta evlenen onlarca, hatta yüzlerce insan olduğunu tahmin edersiniz. Hatice ise bu durumu gülerek karşılıyor. Hatice biraz da gülerek, "Vallahi insanlar benim sözümü hiç dinlemiyor. Bazen diyorum ki, keşke biz de Batı tarafı gibi olsak, yani erken evlilik olmasa. Kızlar on dört on beş yaşına geliyor, hemen evlendirmeyi düşünüyorlar. Kızıyorum bunu yapanlara. Kızları küçük yaşta neden evlendiriyorsunuz, yazık değil mi?"

"Kız kısmının okul nesine diyorlar, halbuki aksine. Eğer Türkiye değişecekse, bence Doğu tarafındaki kızların büyük katkısı olacak. Buralarda erkekler ilgi duymadıkları için pek ders çalışmıyorlar, kızlar daha yoğun çalışıyor. Mesela bizim mahallede kızlar çok çalışkan erkeklerden. Erkekler dersi pek sevmiyor. Çünkü ne de olsa ailesinin onu okul göndereceğini biliyor. Kızlar ise okumak için ekstra çaba göstermek zorunda. Babamızı ikna etmek zorundayız, annemize yardım etmek zorundayız. Bir de derslerimizi aksatmamak lazım" diye konuşuyor Hatice. Gerçekten de Doğu'da kız öğrenci olmak zor zanaat.

Evli bir arkadaşı da var Hatice'nin, adı Fatma. Hatice okula giderken Fatma'nın evinin önünden geçiyor. Hatice derslerini ve okulu düşünürken, Fatma evin temizliğini, akşama ne yemek yapacağını, kayınvalidesinin kendisine kızmaması için evin bütün işlerini erkenden bitirmeyi planlıyor. Fatma ev işlerinden fırsat bulursa, Hatice ile birkaç kelam ediyormuş. Hatice, Fatma'nın evlendiği için çok pişman olduğunu söylüyor. Fatma'nın ağabeyi bırakmamış okuması için. Evlenmesi için baskı yapmış. Fatma okula gitmeyi çok istemesine rağmen, ağabeyinin baskısıyla evinin kadını olmuş çocuk yaşında.

Bir düşü var Hatice'nin. Çok parası olacak. Fatma gibi okula gönderilmeyen kız çocuklarına yardım edecek. Okumak isteyen her kız çocuğuna burs verecek Hatice. Doğu Anadolu Bölgesi'nde bir dernek kurmayı da kazımış zihnine.

Türkiye'nin unuttuğu yanı Muş'ta yaşamın son derece zorlu olduğunu söyleyen Hatice, "Biz sekiz ay kış yaşıyoruz, yolumuz yol değil, kışımız kış değil. Baharı ise neredeyse hiç görmüyoruz. Ama yine de mutluyum ve umutluyum. Oysa Batı'da okuyanlar bizim gibi mi? Onların okumaya imkânı var, gelin görün buradaki halimizi. Çocuk yaşta kızları evlendirip okutmayarak büyük hata yapıyorlar burada. Ben yapmamalarını diliyorum. İnşallah öyle olur" diye sözlerini tamamladı.

Canı gönülden teşekkür ettik Hatice'ye. Ayrılmadan önce birkaç kare fotoğraf çekmek istedik. İstedim ki, babasıyla sıcak bir ortam yaratalım. Hatice ve onun okumasına pek hevesli olmayan babasıyla bir fotoğraf çekmek istedik. Baba ile Hatice'nin yan yana durmasında bir resmiyet sezdim. Hatice'ye, babasına sarılmasını söyledim. Sarılmadı Hatice babasına, sadece omuzuna kafasını koydu. Bekledim babanın tepkisini, babanın eli hafifçe yukarı kalktı ve Hatice'nin pırıl pırıl parlayan saçlarına şöyle eğreti bir dokunuş gerçekleştirdi. Bu kadarcık dokunuş bile yeterliydi benim için. Babası kızına şefkatle dokunmuştu bir kere. Sıkı sıkıya tembihledik Hatice'nin babasına: "O senin kızın biliyoruz, ama ne olursun, okulundan ayırma onu."

Hatice'nin okuyabilmesi için babası zor ikna edilmiş.

Hatice ve 10 kardeşi tarlaya çıktığında işler elbirliği ile tamamlanıyor...

Kübra Aşık, Muş

Hatice'nin okul arkadaşı Kübra Aşık sıradaki öğrencimiz. Yolda giderken Mehmet Bey bizi sıkı sıkıya uyarıyor. Kübra'nın anne babasına dikkat edin. Doğu ve Güneydoğu Anadolu'da böyle baba ve anne görmek çok zordur diyor.

Yine kısa mesafeli bir yolculuğun ardından bu sefer de, hemen yol kenarında bir evin önünde duruyoruz. Yeşil dış cephe boyası eskise de, çatlayan yerlerin elden geçirildiği bir evdi bu. Evin önünde küçük bir bahçe, arka tarafında ise alabildiğine uzanan Muş Ovası...

Kapının önünde sohbet ederken, arka taraftan tavuk, horoz ve kaz sesleri yankılanıyor. Kafamızı uzatıp arkaya baktığımızda, tam bir köy manzarasıyla karşı karşıya kalıyoruz. Fazla beklemeden eve davet ediliyoruz. Pırıl pırıl, temizlik kokan bir ev burası. Temiz örtüler, yüzü aydınlık ve güleç bir aile.

Çocuk vardır yüzünden masumiyet kıyı köşe kaçar. Çocuk vardır, bütün bakışlar, duruş masumiyet yüklü. Kübra işte ikinci sınıfta sayabileceğimiz bir çocuk. Yüzünün her bir santimetrekaresinde masumiyeti ve mahcubiyeti sezinlediğiniz bir kız çocuğu. Ağzından çıkan her kelimede yüzünün rengine bir ton daha kırmızı katılıyor.

On iki yaşında Kübra, o da Alpaslan Yatılı Bölge İlköğretim Okulu'nda eğitimini sürdürüyor. Biz Kübra ile konuşurken, yanımıza gözleri faltaşı gibi açık cin gibi bir kız çocuğu daha geldi. Onun adı da Esra. Kübra'nın küçük kardeşiymiş. Esra ablasının hemen yanında bir yere oturuyor ve sohbetimizi dinlemeye başlıyor. Kaç kardeş olduklarını soruyorum Kübra'ya. "Beş kardeşiz" diye cevap veriyor. En büyük ablasının KPSS'ye girdiğini, diğer ablasının Elazığ'da Fırat Üniversitesi Fen Edebiyat Fakültesi'ni kazandığını söylüyor. Ablanın bu büyük başarısı ailesinin gururu olmuş.

Buraya kadar her şey normal ve sıradan işte. Ama mesele Muş'un dışında okuyacak bir okul tutturduğunuzda büyük bir olay oluyor. Üstelik Muş töre ve güncel deyişle mahalle baskısının en fazla hissedildiği yerlerin başında geliyor. Bu yüzden baba Nizamettin Bey, herkesten daha fazla güçlüğü karşılamak zorunda. Kızı tek başına okumaya göndermek büyük cesaret ister buralarda. Marangozluk geliriyle dört tane çocuk okutmak ve bunların üçünün de kız olması... takdir ettim Nizamettin Aşık'ı.

Kübra'nın en sevdiği ders biyoloji. Türkçe dersini de seviyor. Fakat okuyacak kitap bulamamaktan şikâyetçi. "Okulumuzun kütüphanesi çok küçük, içinde istediğimiz kadar kitap yok. Daha çok şiir ve macera kitabının olmasını isterdim. Bir de bilgisayar sınıfımız bir tane olduğu için ödevlerimizi istediğimiz gibi araştıramıyoruz" diye konuşan Kübra, sınıftaki en iyi arkadaşının Emine Akın isimli bir öğrenci olduğunu söylüyor. Okulda kalan arkadaşları ile bir araya geldiklerinde geleceğe yönelik planlar yaptıklarını anlatan Kübra, "Arkadaşlarımızla toplanıp bir yerlere gidebilme şansımız yok. Çünkü burası Muş. Sosyal hayat diye bir şey yok burada. İşte okul bahçesinde bulduk mu üç arkadaş, onlarla konuşur, sonra eve geliriz" diyor.

Alişan Kapaklıkaya'nın yazdığı İçindeki Uyuyan Güzeli Uyandır isimli kitabından çok etkilendiğini ve bu kitapta kendi hayatını bulduğunu söyleyen Kübra, Muş'ta uyuyan bir güzel... Fakat en kısa zamanda uyandıracak içindeki güzelliği, çünkü derslerinde çok başarılı, hatta okulun incisi Kübra. Arif Nihat Asya ve şiirlerine de hayran olan Kübra, okullar kapandığında annesinin ev işlerine yardımcı olduğunu söylüyor.

Kendinen bir yaş büyük olan ve şu anda Muş Lisesi birinci sınıfta okuyan ağabeyinin babasının marangozluk işlerine yardımcı olduğunu söyleyen Kübra, Çanakkale ve İstanbul'u görmeyi çok istiyor. "Peki neden Çanakkale'yi görmek istiyorsun?" diye soruyorum. "Çanakkale Savaşı'nı babamdan dinledim, öğretmenlerim anlattı. Oraları görmem lazım, İstanbul'da ise İstanbul Boğazı'nı ve denizi görmek istiyorum" diye yanıt veriyor bana Kübra.

Muş'un Malazgirt Ovası'nda 1071 yılında yapılan savaş Türklere Anadolu'nun kapılarını açmıştı. O günden bu yana Anadolu bir Türk yurdudur. Bu konudaki düşüncelerini öğrenmek istiyorum Kübra'dan. "Malazgirt Savaşı'nı biliyorum ama bir de Muş'un ovası var. Şimdi boş olmasına bakmayın. Gerçek bir hazine orası. Türkiye için çok önemli bir yer Muş Ovası" diyerek beni hayretler içinde bırakıyor. Muş'u seviyor besbelli. Nedir bu sevginin kaynağı Kübra? "Muş küçük bir yer. Burada arkadaşlarınız oluyor. Büyükşehirler büyük, orada kaybolup gidiyorsunuz. Benim çok fazla arkadaşım var burada..." Gerçekten de haklıydı Kübra, bizler büyükşehirlerde yalnızlığın harmanlandığı hayatlar sürüyoruz. Kübra ise damakta tat bırakan dostlukların keyfini sürüyor. Kübra konuştukça yüzündeki kızarıklık gidiyor, adeta yanakları pembe pembe oluyor.

Televizyonun esiri olmayan çocukların hayal dünyalarının çok geniş ve üretken olduğuna bir kez daha inandım Kübra ile sohbet ederken. Hayalleri büyük oluyor bu çocukların ve kendileri için değil, tüm insanlık için istiyorlar. Hayallerini soruyorum Kübra'nın: "Bundan yirmi yıl sonra dünyada neyi gerçekleştirmek istersin?"

"Bundan yirmi yıl sonra dünyanın küresel ısınmadan kurtulmuş olmasını dilerdim. Çünkü bu gidiş hiç iyi değil. Muş'ta birkaç sene önce laleler daha güzel çıkıyordu. Kışın önceleri daha ılımandı ama şimdileri daha da soğuk oluyor buralar. Laleler ise fazla çıkmıyor, hatta çürüyor" diyor Kübra. Sözlerine devam ediyor: "Daha sonra insanların iki sınıf içinde olmamasını isterim" diyor Kübra. Ben şaşkınlıkla nasıl iki sınıf diyorum? "Ben bir zenginler, bir de fakirlerin olduğu bir dünya istemiyorum." Belli ki yokluk ve kimselerin umurunda olmamaları zorlarına gidiyor artık. Hüznü seviyor Kübra, hüzünlü olmayı, sevinçli olmaya tercih edermiş. Televizyon izlediği zaman da genellikle daha çok ağlamaklı dizileri tercih ediyormuş. "En çok kiminle tanışmak isterdin?" diye soruyorum. "Yaşasaydı, Arif Nihat Asya" diye vecap veriyor. Kübra beni şaşkına çevirmeye devam ediyor. "Sen hiç müzik dinlemez misin? Hiç hayranı olduğun bir sanatçı yok mu?" diye üsteliyorum. "Var ama onlarla tanışmayı hiç düşünmedim. Ama Arif Nihat Asya hayatta olsaydı, onunla görüşebilmeyi çok isterdim" diyor.

Mimar olmak istiyor Kübra, bir de doğa resimleri yapıp onları satmayı planlıyor. Muş doğa güzelliği bakımından inanılmaz bir kaynak onlar için. Mimar olduğu gün Muş'a bir baraj yapacak Kübra, sular altında kalan Muş Ovası böylece kurtulacak. Muş'un iklimi daha ılıman olacak. Kübra Muş'u düşünüyor, daha on iki yaşında. Bir de Sultanahmet Camisi gibi büyük bir cami yapacak Muş'a.

Kübra küresel ısınmaya çare olmak için de insanları bilinçlendirecek ve bunun için etrafa kulübeler yerleştirecek. Bu noktalardan duyuru yapacak, bilgi kartları dağıtacak insanlara... Böylelikle daha bilinçli halk kitleleri olacak. Parfüm ve deodorantların ozon tabakasına zarar vermemesi için yine doğanın içinden bir formül bulacak Kübra. Sen ne büyüksün Kübra, doğrudan pazarlama, iletişim, bilimsellik ve doğa sevgisi. Biz de olmayan veya unuttuklarımızın hepsini sende hatırladım. Bütün kalbimle teşekkür ettim Kübra'ya.

Muş'ta hava erken kararıyor. Kübra'nın evinden ayrılırken, karanlık örtü Muş'un üzerine çökmüştü. Şehir merkezine doğru hareket ederken, içimden sokaklarda kimse kalmamıştır diye geçirdim. Zira son geldiğimde terör Muş için büyük bir problemdi ve sokaklarda akşamlar kimse olmuyordu. Yaklaşık on beş dakika sonra, boş kuruntular içinde olduğumu anladım. Saat 19:00'dı ve Muş'un en kalabalık caddesi oldukça işlekti. Bir süre sonra azalır şeklindeki düşüncem de 22:30 sıralarında sokağa çıkmamla son buldu. Kadınlar, erkekler, Alpaslan Meslek Yüksekokulu'nun iki yıllık eğitim gören öğrencileri sokaktaydı.

Otelimize döndüğümüzde saat geç olmuştu. Ne ortası çökmüş yatak, ne yağ tutmuş banyo, ne kapının kilit tutmaması keyfimi kaçırabilirdi bu gece. Bu gece Hatice ve Kübra'nın çizdiği dünyanın sınırları içinde dolaşacaktım. İstanbul'dan çok uzaklardaydım ve İstanbullunun sorunlarının çaresinin bu şehirde olduğunu düşündüm. Muş'ta iç hesaplaşma başka hiçbir şeye benzemiyor.

Ertesi sabah erken saatlerde uyandım. Kaldığım otelin terasından önce hemen yanı başımızdaki askeri birliğin konuşlandığı arazinin içine baktım. Ürkek adımlarla terasın en ucuna kadar yaklaştım. Askerler eğitimdeydi, başlarında bir rütbeli sabah sporu yapıyorlardı. "Vatan sana canım feda" ve "Her Türk asker doğar" nidaları epey bir ses getiriyordu. Göğsümün kabardığını hissettim. Açık gökyüzüne bakıp, bugünün de yorucu ve dolu dolu geçeceğini düşündüm.

Kız Meslek Lisesi'ne doğru yola koyulduk, ama okuldaki sınıf sayısı yetersiz olduğu için bazı öğrencilerin Türk Telekom İlköğretim Okulu'na gönderildiğini öğrendik. Bizim görüşeceğimiz öğrencilerimiz de bu okulda öğrenim görüyordu. Müdür yardımcısı Ekrem Bingöl ile görüştük ilk olarak, bizi öğretmenler odasında ağırladı. Tesadüf o ki, biz Muş'tayken Milli Eğitim Bakanlığı'nın da yirmiden fazla müfettişi Muş'taydı.

Ekrem Bey ile görüşürken bizler bir ara okul içinde dolaşmaya çıkmıştık. O esnada teneffüs zili çaldı ve bir müddet sonra tekrar öğretmenler odasına döndük. Birden içerdeki tüm öğretmenler ayağa kalktı, bizi müfettiş sanmışlardı. Üzerimizdeki rahat spor kıyafetleri göstererek, "Bu kıyafetlerle, olmak istesek de müfettişlik yapamayız" dedik. Gülüştük hep birlikte. Sonra tek tek Doğu'nun o idealist öğretmenleriyle tanıştık. Gözlerinde sevgi pınarları var gibi bakıyorlardı çevrelerine. İlk atamaları yapılmış pırıl pırıl öğretmenler. Cumhuriyet'in kazanımları geç dimağlar.

Müdür yardımcısı Ekrem Bingöl ile görüşüyoruz ilk olarak. Ekrem Bey bize Türk eğitim sisteminden bahsediyor özenle kurduğu cümlelerle: "Doğu batı fark etmeden eğitimde ortak sorunlarımız var. Bunların dışında öğretmen sirkülasyonundan kaynaklanan sorunlar var. Zorunlu hizmetini tamamladıktan sonra öğretmen arkadaşlarımız tayinini isteyip gidiyorlar. Yani oturmuş bir eğitim kadrosu yok." Müdür yardımcısı Ekrem Bingöl, "Fakat bunların hepsi yavaş yavaş çözümleniyor. Ancak acilen halletmemiz gereken bir sorun var. Ailelerimizin, halkımızın eğitime bakışı Batı'daki ailelerimiz gibi değil. Eskiye oranla çok iyi tabii ki, çok iyi gelişmeler var. Bunu oranlara bakarak da söyleyebiliriz. Yine de bu bölgede bu sorunu ortadan kaldırmak gerekir" diyor.

Bingöl, kız çocuklarının okula gönderilmesi konusunda ailelerin çok nadir direnç gösterdiklerini, bu sorunun artık azaldığını, hatta bittiğini sözlerine ekledi. Ekrem Bingöl, geçen yıla nazaran bu yıl okula kayıt yaptıran öğrenci sayısında yüzde yüz artış olduğunu söyleyerek, "Bizim okulumuzda yüzde yüz artış var diyebiliriz. Dört yüz elli civarında kayıt aldık. Geçen sene iki yüz elli civarındayken, bu sene dört yüz elliye yakın öğrenci kayıt ettik. Yer sıkıntımız olmasına rağmen gelen öğrencilerimizi geri çevirmiyoruz" diye konuştu.

"Ben Muşluyum" diyor Ekrem Bingöl. "Mezun olduğumda Muş'u tercih ederim, gidip birkaç yıl çalışır, sonra Batı'da güzel bir şehirde hayatımı sürdürürür, oraya tayinimi isterim diye düşünüyordum. Ama ben iki üç sene kalmayı düşünürken altıncı senem oldu burada. Gitmeyi de düşünmüyorum. Belki bu sorumluluktan dolayı burada kalmayı daha çok istiyorum."

Öğretmen arkadaşlarına da bir çağrı yapan Ekrem Bingöl, "Her şey bizde bitiyor. Eğitim sistemimizi eleştirebiliz, yönetmeliklerimizi, mevduatımızı, yasamızı eleştirebiliriz, eksikleri vardır mutlaka. Fakat öğrencilerimizin, bizim insanımızın bize çok fazla ihtiyacı var. Yaşadığımız şartlar ortada, hepimizin malumu. Öğretmenlik zaten vicdani bir iş. Kişinin vicdanıyla baş başa kalıp yapabileceği bir iş bu meslek. Bu anlamda elimizden geldiğince öğrencilerimize faydalı olmaya, onlara bir şeyler vermeye çalışalım" diye seslendi.

Daha sonra bize öğrencilerimizi teslim etti Ekrem Bingöl, zaten okul çıkış saati gelmişti ve biz Leyla ile Ruveyda'yı alarak yola koyulduk. Ruveyda yolda indi ve "Ben evdekilere geldiğinizi haber vereyim" diyerek aramızdan ayrıldı.

Kübra'nın babasının sert mizacı altında yumuşacık bir kalp yatıyor...

Leyla Akyol, Muş

Leyla'nın yeni inşa edilen evindeyiz. Daha ısınma turları. Leyla içine kapanık bir çocuk. Bu bölgenin genel karakteridir diye düşündüm. On beş yaşındaki Leyla'nın Batman'ın Sason ilçesinden Muş'a göç ettiğini öğrendim. İlköğretim dördüncü sınıfa kadar Batman'da oturduklarını, sonra Muş'a taşındıklarını söyledi Leyla. Sekiz kardeşi var ve üç ablası evli, iki abisi çalışıyor, üç kardeşi de okuyor.

Leyla'nın ablaları on sekiz, on dokuz ve yirmi yaşlarında dünya evine girmişler. Muş için bayağı iyi bir ortalama diye düşündüm. İyi niyetle düşünürken, anne babasını sormak aklıma geldi. "Öldüler" dedi. Başımdan kaynar sular döküldü, saçma sapan bir soru çıkmış ağzımdan: "Kaç yıl oldu peki?" Sonra sorumun anlamsızlığını fark ettim ama Leyla yine de cevap verdi: "On yıl önce."

Leyla'nın yüzüne çöken hüzün ifadesinin sebebini anlamıştım. Babası kan kanserinden ölmüştü, annesi ise sekiz çocuğun ağırlığını kaldıramayıp tabanca ile intihar etmişti.

Evli olan ağabeyinin yanında kalıyor Leyla ve kardeşi. Kırk sekiz kişilik bir sınıfları varmış ve okulun imkânlarının hiç de yeterli olmadığını düşünüyor. Sekiz yıllık arkadaşı Elif ise sırdaşı Leyla'nın. Jack London'un Beyaz Diş isimli romanından çok etkilendiğini söyledi Leyla. Ama benim aklımda Leyla'nın dramı vardı. Söylediklerini yarım yamalak dinliyordum. Jack London'u sevmesini bir kenara bırakıp, Leyla'nın yüzüne baktım. Kuşkuyla dolu bir soru sordum: "Sana annen hakkında birtakım sorular sorsam rahatsız olur musun?" "Hayır" cevabını verdi Leyla.

Annesini kaybettiği o elim olayın üzerinden tam sekiz yıl geçmiş. Daha yedi yaşındayken büyük bir travma geçirmiş Leyla. Her şeyi gün gibi hatırlıyor. Annesi bugün hayal meyal gözünün önüne geliyor. Belli ki içten içe çok kızıyor ona. Yapayalnız bir hayatın kollarında bıraktğı için buruk bir acı yaşıyor. Anne babasız büyümenin nasıl bir acı olduğunu minicik yüreğine gömmüş Leyla. Ama en çok anne sevgisini doyasıya tadamadığına yanıyor. İçim acıyor ve gözümden iki damla yaş dökülüyor. Bu esnada Leyla'nın da dudakları büzülüyor. İçli bir sesle, "Zaten babamı hiç hatırlamıyorum, ama annem gittikten sonra yapayalnız kaldım" diye konuşuyor. Vicdanım el vermedi bu konuyu konuşmaya, kalkıp onu teselli etmek isterdim ama vazgeçtim sonra.

Ağabeyleri kol kanat germiş anne babasız kaldıktan sonra onlara. Annesi yanında olsaydı hayatının daha farklı olacağına inanıyor. Leyla'nın derdini anlatacak kimsesi yok: Leyla öksöz, yetim, Leyla kocaman, içli bir yürek. Arkadaşlarının çoğu bu durumu bilmiyormuş. Ama Leyla ahdetmiş. O büyüyünce çok iyi bir anne olacak. Yavrularını sarıp sarmalayacak. Fazla değil, iki üç çocuk istiyor ve onlara sevgiyi, saygıyı öğretmeyi diliyor.

Leyla ile bundan sonraki konuşmalarımızın tadı yok. Erken yaşta evlilik konusuna geçiyoruz. Ağabeyinin bazen kendisini kızdırdığını söylüyor Leyla. "Eğer okumazsan seni evlendiririm" diyormuş. Sonra da, "Şaka tabii ki, ben böyle bir şeyi kesinlikle istemiyorum" diyor. Erken yaşta evlenen arkadaşı olup olmadığını soruyorum. "Var tabii" diyor. Hatta kendisiyle yaşıt olduğunu da ekliyor yanıtına.

Öğretmen olmak istiyor Leyla. Başka bir mesleği pek düşünmüyor. Leyla, duyarlı bir çocuk. Terör olaylarını nasıl değerlendirdiğini soruyorum kendisine. Sorunun kaynağı olarak yurtdışındaki odakları gösteriyor Leyla. "Bu teröristleri hep yurtdışından kışkırtıyorlar, destekliyor teröristleri. Ben olsam gider, Avrupa ülkelerinin başbakanlarıyla bu konuyu konuşurdum" diyor.

Leyla'nın adını vermek istemeyen öğretmenlerinden biri demişti ki: "Öğrencilerimizin kendilerine güveni olmamasından dolayı büyük zorluklar yaşıyoruz. Kendilerine inançları yok, bu inancı ve güveni oluşturmak çok zor oluyor." Leyla'nın yaşadığı travmayı düşününce, ondaki özgüvene hayran kalmamak mümkün değil.

Leyla, ağabeyinin evinde bir kanepe üzerinde derslerini çalışıyor...

Ruveyda Şimşek, Muş

Leyla'nın evine gelirken yolda indirdiğimiz Ruveyda aklımıza geldi. Birkaç gün önce on dört yaşına basan Ruveyda Anadolu Kız Meslek Lisesi'nde öğrenimini sürdürüyor. Doğuştan Muşlu ve Muş'ta yaşıyor. Hayatta gördüğü tek il Muş. Bilgisayar bölümünde okuyor. Arkadaşları var internet üzerinden yazıştığı. Bir de Muş valisine ve Milli Eğitim müdürüne e-posta atmak istermiş. Ruveyda e-postasında, "Biz farklı bir okuldan geldiğimiz için bize spor salonunu, laboratuvarları vermiyorlar" diyecekmiş.

Ruveyda'nın da yedi kardeşi var. En büyük ağabeyi, Fırat Üniversitesi Veterinerlik Bölümü'nde okuyor. Diğer ağabeyi liseyi bitirmiş ama anne babasına yardım etmek için üniversiteye gitmemiş. Kendisinden büyük kız kardeşi ile aynı sınıfta okuyor Ruveyda. Onun okula biraz geç başladığını söylüyor. Sonra iki ablası daha olduğunu ve onların hiç okula gitmediğini aktarıyor bizlere. Kendisinden küçük kardeşi Mustafa ise beşinci sınıfa gidiyormuş. Mustafa yakışıklı ve mavi gözlü. Sarı saç ve mavi göz Muşlu çocukların genel karakteristiği.

Anne babası çiftçilikle uğraşıyor Ruveyda'nın. Onların genellikle yaylalarda ve köylerde yaşadığını söylüyor. Hayvanları olduğu için onları otlatmaya çıkarıyorlarmış. Kendi tarlaları olmadığı için tarlasında işçi çalıştıran ailelerin yanında hayatlarını geçiriyor anne babası. Yaz tatillerinden Ruveyda da onlara katılıyor. Diyarbakır ve Batman gibi yerlere bile gittikleri oluyormuş. Anne babasına minnettar Ruveyda, "Çok zor bir hayatyarı var onların. Dağda yatıp kalkıyorlar. Zaten onlara yardımcı olmak için okuyacağım" diye söz vermiş kendi kendine.

Büyük ağabeyinin aslında okumak istediğini, anne babasının bu zor hayatından dolayı onlara yardımcı olduğunu aktaran Ruveyda, kışın okula yürüyerek gidip geldiğin, yaklaşık yarım saatlik yolun kendisi için büyük bir eziyet olduğunu anlatıyor bize. Biz dinliyoruz Ruveyda'yı konuşmayı seviyor çünkü.

"Okulun spor salonunu bize vermiyorlar. Biz de kış aylarında beden dersini dışarıda yapmak zorunda kalıyoruz. Beden dersine çıkınca okulun çevresine bir sürü erkek doluşuyor. Rahatsız oluyoruz bu durumdan" diyor. En yakın arkadaşı ise aynı sınıfta okuduğu ablası. Başka birine neden ihtiyaç duysun ki...

Çimenlerde dolaşmak ve yere uzanıp gökyüzünü seyretmenin zevkini kaç çocuk bilir ki günümüzde. Ruveyda işte öyle bir çocuk. Koyun sağmayı sevmese de, annesine yardım etmek için yapıyor bu işi. Ara sıra koçlar saldırıyormuş, bir anlamda tehlikeli yani.

Ruveyda büyüyünce Japonya'ya gitmek istiyor. On yıl sonra diye kendine bir zaman belirlemiş. Ülkeme faydalı olacağım diyor başka bir şey demiyor Ruveyda. Televizyonlarda dizileri izlemektense belgesel ve haberleri izlemeyi tercih ediyor. Ankara'da Polis Koleji öğrencilerine yapılan saldırı canını çok sıkmıştı. Birden hiddetlendi: "Bu teröristlere bir şeyler söylesen de anlamazlar. Zaten anlasalardı yapmazlardı. Onlar ülkelerini savunacakları yerde bu ülkeyi koruyanları öldürüyorlar. Bence bu adamların teslim olmalarının zamanı geldi, silahlarını bıraksınlar artık."

Aklıselim düşünen kim karşı çıkar Ruveyda'nın düşüncelerine. Bir de erken yaşta evlenme üzerine düşüncelerini soruyoruz. Daha üç gün önce yirmi yaşındaki ablası evlenmiş. Muş ve çevresinde erken yaşta evlenenlerin olduğunu biliyoruz. Hatta bir arkadaşı için on yedi bin YTL başlık parası verilmiş. "Ne yaptı peki ailesi?" diye sordum. "Yapacak bir şey yok ki, verdiler kızı mecburen" dedi.

Ruveyda'nın arkasında bir ablası var. Adı Rukiye. Dünyada herkese böyle bir abla dilerim. Kendi okumamış ama küçük kardeşlerinin okuması için canını dişine takmış. "Onların okuması için temizliğe bile giderim" diyor. Zaten yeni evlendiği delikanlıya da şart koşmuş. "Ben kardeşlerimi destekleyeceğim, eğer bana mani olacaksan, benimle hiç evlenme" demiş.

Küresel ısınmadan şikâyet ediyordu Ruveyda, konuşmamızın geri kalan bölümlerinde. Birçok hayvan neslinin tükendiğinden yakındı. "Su kaynakları tükendi, mesela en sevdiğim çimenlik ve yeşillik bile kayboluyor" dedi.

"Sonbaharlarda ben çok hüzünlenirim. Çimenlikler kuruyor. Anne babama yardımcı olmak için gittiğim yaylalarda bunu daha iyi görebiliyorum. Açıkçası o çimenlere bir daha yatamamaktan korkuyorum" diye çevreye bakışını özetleyen Ruveyda, kimsenin üzülmesine ve gözyaşı dökmesine katlanamıyor.

Ruveyda, oldukça akıllı ve çevresine duyarlı bir çocuk. Bahçede mahalleninin çocuklarıyla oynarken bırakıyoruz onu. Mahalleninin çocuklarının Ruveyda Ablası, geleceğin Türkiyesinde aydınlık bir yüz olacak.

Ruveyda'nın okula gitmesi için ablası Rukiye yeni evlendiği eşine şart koşmuş. Ruveyda okuyacak...

Mahalledeki çocukların Ruveyda ablası O... oyunlar oynar, çocuklara yeni şeyler öğretir...

Osmaniye

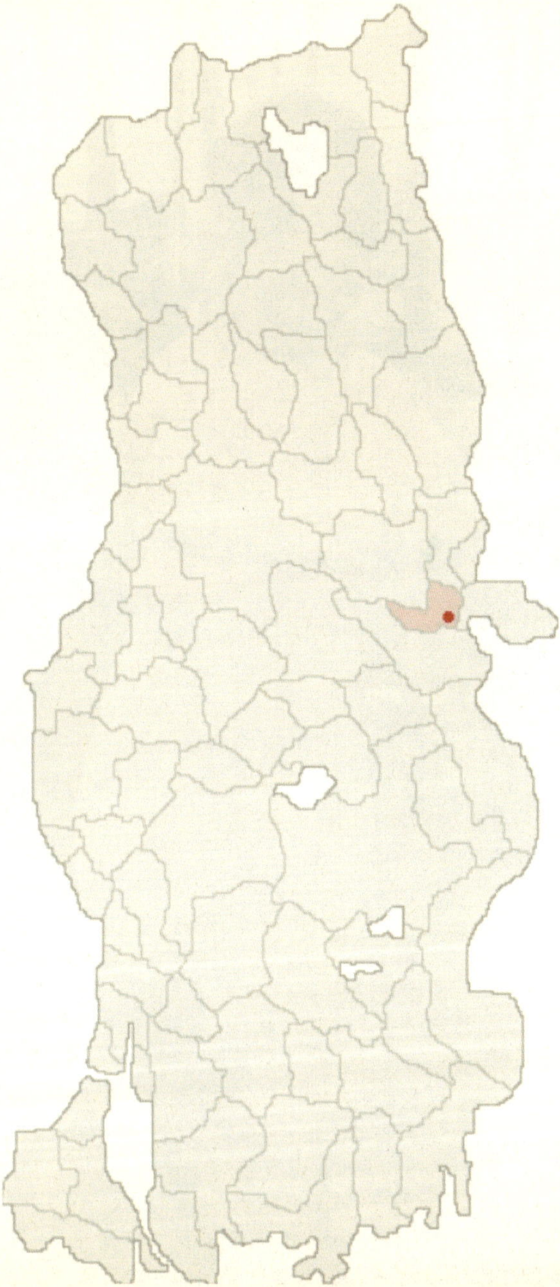

Gönül Çelik, Osmaniye

Adana'nın Osmaniye diye bir ilçesi vardı. Çeşitli illerden göç edenlerin bir araya gelerek kurduğu bir il sayılabilirdi. Daha sonra nüfusu 500 bine dayanınca Osmaniye il yapılmak zorunda kaldı. Osmaniye'de de METRO Group olarak umutlarımızın izlerini takip ettik. Her birinin hayat hikâyesini dinleyip, onlarla dertlenip onlarla hüzünlenmek için önce Adana'ya, sonra Osmaniye'ye geçtim. Bir saatten az bir sürede soluğu Osmaniye'de aldık. Üstelik Osmaniye, kitap projemizin başlangıç durağı oldu.

Çağdaş Yaşamı Destekleme Derneği'nin Osmaniye Şube Müdürü Metin Önal bizi karşıladı. Her biri bir eğitim gönüllüsü olan bu dernek çalışanlarının yüzündeki gülümseme, ülkemizde okula gitme oranının artmasındaki en büyük etken sanıyorum. Osmaniye'de de aynı gülümseme, Trabzon'da da, Muş'ta da...

Metin Bey ile bir iş planı yaptıktan sonra ziyaret edilecek ilk öğrencimiz Gönül Çelik'in evine doğru hareket ediyoruz. Gönül ilk konuşacağımız ve sohbet edeceğimiz kişi olduğu için hepimizde bir ürkeklik ve heyecan. Kalbimin küt küt sesiyle beraber Gönül'ün yaşadığı evin ziline bastığımda birazcık kendime gelmiştim. Zil sesiyle birlikte benden daha ürkek olduğunu anladığım Gönül'ün annesi Sevim Hanım kapıyı araladı. Kapı arasından bize baktıktan sonra içeri davet etti.

On üç yaşındaki Gönül'ün hikâyesini ve hayatını dinlemek için önce annesinin rızasını almak gerekiyordu. Annesinin oluru ile Gönül'le konuşmaya başladık. Hatay'ın İskenderun ilçesinden Osmaniye'ye göç ettiklerini öğrendik. Osmaniye ilinin genel karasteristiğine uygun bir sosyal olaydı göç. Osmaniye'de Osmaniyeli bulmak imkânsız gibi bir durum.

İskenderun'dan göç ettikleri günden bu yana on yıl geçmiş. Gönül, Cumhuriyet İlköğretim Okulu yedinci sınıfta okuduğunu söyledi. İki ağabeyi olduğunu söyleyen Gönül, o gün çok mutluydu. Çünkü en büyük ağabeyi daha o sabah askerden dönmüştü. Vatan borcunu tamamlamanın gururu ve sevinci bütün ailenin yüzünden okunuyordu. Gönül'ün diğer ağabeyiyse bir pastanede çalışıyor.

Üç odalı evinde Gönül içi içine sığmayan kocaman bir yürek bugün. Akşam babası da evine geldiği zaman büyük aile tablosu tamamlanmış olacak. Çünkü teröre karşı en fazla şehit veren illerin başında gelen Osmaniye'de, her askere yolcu edilecek gencin arkasından kuşkulu bekleyişler başlıyor. Neyse ki Çelik ailesi bu dramı yaşamadı. Gönül bugün çok mutlu, bu gece ağabeyinin dizinin dibinden hiç ayrılmayacak. Yarın da okulda arkadaşlarına anlatacak ağabeyinin askerden dönüşünü. Geçen yıl tanıştığı en yakın arkadaşı Dilek'le ağabeyini konuşacak.

Dilek, Gönül'ün yol arkadaşı. Allah'tan bir dilekte bulunmuş, dürüst ve güvenebileceğim bir arkadaşım olsun diye, tez zamanda Dilek'le karşılaşmış. Yirmi beş kişilik sınıfta Dilek'le Gönül'ün arkadaşlığına herkes imreniyor.

Birlikte sık sık okulun kütüphanesine gidip hikâye okuyorlar mesela. Ömer Seyfettin'i ayrı bir kefeye koyuyor Gönül. Yaz

tatillerinde anneannesinin yaşadığı köye gitmeyi iple çekiyor. Kahramanmaraş'ın Türkoğlu ilçesine bağlı Beyoğlu beldesindeki köyleri, gözünde en güzel mekânlardan biri. Hele burada yaşayan akrabaları ziyaret ve onlarla tadına doyulmaz sohbetleri düşününce, "Gel yaz tatili, gel" diyor Gönül. Bir de babaannesinin yaşadığı yer var tabii ki. Anamur, orayı daha hiç görmemiş ama en kısa zamanda oraya da gitmek istiyor.
Gönül'le sohbetimizi tamamlıyoruz. Vedalaştıktan sonra arabamıza doğru giderken, içimizi derin bir huzur kaplıyor. Yaklaşık üç yıldan bu yana kız çocuklarının eğitimlerine destek veriyoruz diye konuşurken, bugün destek verdiğimiz kız çocuklarından birinin yanındaydım. Onunla konuşmuştum, bir masal gerçek olmuştu adeta. Bu ilk görüşme cesaretimi artırmıştı ve ikinci görüşme için sabırsızlanıyordum.

Gönül'ün penceresinden yansıyan hayat
yeşil ve umut dolu...

Ayşe Göroğlu, Osmaniye

İkinci öğrencimizle ilk olarak evinde değil, okulunda görüşecektik. Ayşe'nin okuluna gelince, "Hemen sınıfa gidelim" dedi. Ayşe'yi ilk gördüğümüzde İngilizce dersindeydiler. Bizi gördüğünde hiç istifini bozmadan dersine devam etti. Duruşu, kendinden emin tavrıyla hayata karşı dimdik ayaktayım mesajı veriyordu. Öğretmenleri Ayşe'nin okulda başarılı bir öğrenci olduğunu söylediler.

Ailesiyle tanışmaya gittiğimizde evde gördüğümüz manzara bizleri gerçekten derinden etkiledi. Geçim sıkıntısı yaşadıkları her halinden belli olan bu ailenin gururu ve birbirine olan sevgileri etkiledi beni. Anne çocuklarının önünde rehber, çocuklar annenin ardında vefa abidesi. Ayşe'nin ağabeyi zihinsel engelli ve aynı zamanda sara hastası. Ama ağabeyinin yüreği kocaman, çünkü okula giden kız kardeşlerinin en büyük destekçisi o. Maddi olarak elinden bir şey gelmese de, o haliyle bile kız kardeşlerinin okula gitmesini destekliyor. Akıllı geçinip kızlarını okula göndermeyen nice aileler vardır diye iç geçirdim.

Ayşe adeta şaka yapar gibi dünyaya gelmiş. Bir 31 mart gecesi sancıyla annesini tekmelerken, 1 nisanda sürpriz yapmış herkese. Ayşe gerçekten de şaka gibi. Bugün on üç yaşında ve enerjisiyle çevresindeki herkesin yüzünde tebessümler açtıran bir çocuk.

Şehit Pilot Binbaşı Apanoğlu İlköğretim Okulu'na devam ediyor Ayşe. Dört kardeşin en küçüğü Ayşe'nin ablası nişanlı, abisi engellilerin devam ettiği bir okula gidiyor. Ayşe diğer ablasıyla aynı okula gidiyor. Asıl adı Filiz olan ablasını hep, "Utangaç olan ablam" diye anlatıyor bizlere. Filiz ile tanıştığımızda Filiz'in gözleri gerçekten hiç yerden kalkmadı. Bir defa elimizi sıktı ve sonra kızarık yanaklarıyla bir köşede bizi süzdü durdu.

Babasının bir kahvede çay servisi yaptığını ve üç beş kuruş kazandığını söyleyen Ayşe, bazen de babasının kazıya gittiğini ifade ediyor. Düzenli bir işi olmasa da Ayşe'nin babası Hasan Bey çocuklarının kahramanı olmayı başarmış. Çünkü her çocuğun babası aslında bir kahramandır. Hasan Bey de çocuklarını büyütebilmek için örnek bir mecadele veriyor.

En sevdiği derslerin din kültürü ve İngilizce olduğunu aktaran Ayşe, kalabalık bir sınıfı olmasına rağmen okulunu çok seviyor. Merve Nur ile birlikte okul yollarını arşınlayan Ayşe kitap okuyor, hem de gözlerini bozacak kadar.

Şimdiye kadar onu en çok etkileyen kitabı soruyorum, "Mesela" diye düşünüyor, bilgin bir tavırla. Sonra aklına geliyor, heyecanla atılıyor ve "Altın Yumurta" diyor. "Ne etkiledi seni?" diye soruyorum. "Acele etmemek ve sabırlı olmak" şeklinde cevap veriyor.
Sabırlı olmalı insan hayatta. Bugün kaybettiğinizi düşündüğünüz şeyler, yarın kazançlarınız olabilir. Ayşe de bu durumun farkında.

İstanbul Ayşe için çok uzak. Gözümün içine bakarak, "Kızkulesi varmış, bir de uzun köprü, değil mi?" diye soruyor. Onaylar gibi başımı sallıyorum. "İşte onları görmek istiyorum" diyor, anlıyorum ki Boğaz Köprüsü'nü görmek istiyor Ayşe.

Yaylalarda, kırlarda koşmayı çok seviyor, geçen yıl yaşı büyük olduğu için yayladaki yarışlara onu almamışlar. Çok üzülmüş Ayşe, çok. Benden medet umar gibiydi. “Bildiğiniz bir yarış var mı?” dercesine baktı yine yüzüme. Bu sefer de yok diye kaşlarımı kaldırdım. Bir an umutsuzluk çöktü yüzüne, sonra tekrar toparlandı. Anladım ki hemen yerine başka bir şey koydu Ayşe.

On yedi yaşında evlenen bir akrabası varmış Ayşe’nin. “On yedi yaşında gitti evlendi, gıcık oluyorum şu erken yaşta evlenenlere.” Çocuksu bir tepki ile sorumu yanıtlıyor. Herkesin kendisine ait bir odasının bulunduğu bir evde yaşamayı çok istiyor, bu noktadan sonra ablası Filiz’le kurdukların hayali şu şekilde anlatıyor:

“Filiz Ablamla oturup konuşuyoruz, Filiz Ablam polis oluyor. Ben de öğretmen. Ve çok büyük bir evde ailemle birlikte yaşıyoruz. Anneme hiçbir iş yaptırmıyoruz. Evimizde özel hizmetçilerimiz var.”

Maddi durumlarının kötü olmasından dolayı bir gün arkadaşının biri Ayşe’yi üzmüş ve Ayşe bugünü aklından hiç çıkarmamış. Yanından ayrılırken “Son olarak söylemek istediğin bir şey var mı?” diye sordum. “Bir mesaj vermek istiyorum. Bir kere arkadaşım beni hor görmüştü, insanların kimseyi küçümsememesi gerektiğini söylüyorum. Fakir ve kısa boylu olduğum için benimle dalga geçiyordu. Önceden çok üzülüyordum, artık hiç üzülmüyorum. Kimsenin kimseyi hor görmemesi gerekir” diye cevap verdi.

Bu küçük insanların hepsi büyük bir dünya diye geçirdim içimden ve yaptığım işten keyif almaya başlamıştım.

Ayşe ailenin en küçüğü ve en tatlısı, yani "Kazandibi..."

Sırtta çanta, aklında binbir türlü dert, Ayşe okul yollarında...

Aysel Kırca, Osmaniye

Anne babası erken yaşta evlenmiş bir kız çocuğu olan Aysel Kırca'nın evine doğru gidiyoruz. Ailenin maddi durumunun zayıf olduğu her hallerinden belli oluyor. Anne Aynur Hanım Aysel'i zor okuttuklarını söylüyor ve "Ayselim çok çalışkan benim, her şeyime yetişiyor" diye ekliyor. Derslerini çalışıyor, ev işlerine yardımcı oluyor, kardeşlerine bakıyor, yazınsa benimle tarlaya gelerek çalışıyor, para kazanıyor" diyor.

Annesinin gözbebeği Aysel, on üç yaşında, Osmaniye'nin Cevdetiye kasabasında yaşıyor. Cevdetiye İlköğretim Okulu yedinci sınıfta okuyor ve beş kardeşi var. İkisi kendinen büyük, üçü küçük; dört kız, iki erkek. Matematik denklemi gibi bir sayısal yapılanma var ailede. Daha sonra sosyal bir bilgi geliyor kulağımıza. Bir ablası nişanlı, bir ablası küçük yaşta evlenmiş ve eşinden ayrılmış. Şu an aileyle birlikte yaşıyor. Henüz on sekiz yaşına yeni basmış nişanlı ablası ve bu kitap basıldığında iki aylık evli olacak. Ailede, Aysel ile birlikte bir kız kardeşi ve bir erkek kardeşi okuyor.

Aysel'in babası Mustafa Bey motosiklet tamirciliği yapıyor. Evleri dört odalı ve Aysel ablalarıyla oturma odasında yatıyor. Aysel'in hayatının büyük bölümü oturma odasında geçiyor, yatma, oturma, derslerini çalışma ve oyun oynama, hepsi oturma odasında.

Resim yapmayı çok seven Aysel, kendini en iyi bu yolla ifade ettiğini söylüyor. En yakın arkadaşı Buse olan Aysel, Ömer Seyfettin'in romanlarını seviyor. Kalabalık bir aile olmalarına rağmen Aysel'in yükü diğer kardeşlerden daha fazla, çünkü o annesinin gözbebeği. Aysel de sorumluluktan kaçan biri değil, tatilde ders çalışıyor, tarlaya gidiyor ve annesiyle birlikte yevmiye kazanıyor. Annesiyle sırt sırta veren Aysel, fıstıkotu topluyor, mısırotu dövüyor ve sabah yediden akşam altıya kadar çalışıyor.

Kocaman bir yüreği var ve o yüreğinde sevgi hiç eksik olmamış Aysel'in. Tatil boyunca yaptığı ağır işlerden bize hiç söz etmedi, bütün bunları bize annesi anlattı. O ise bunları yüzü kızararak dinledi. Ailesine destek verdiği için gururu büyüktü Aysel'in. İsmail YK, kız çocuklarımızın favori sanatçısı. Hemen hemen her ilde, her okulda İsmail YK büyük ilgi görüyor.

Aysel okulda öğrenci, evde ev kızı, tarlada işçi, kısaca annesinin herşeyi...

Seda Sözer, Kadirli - Osmaniye

Cevdetiye Kasabası'ndan Kadirli ilçesine geçmemiz gerekiyordu. Çünkü Kadirli ilçesinde bizi bekleyen iki sevimli yürek vardı. Önce Kadirli İlköğretim Okulu yedinci sınıfta okuyan Seda Sezer'i bulduk. Seda ile aynı sınıfta okuyan Begüm Yonca da hayat hikâyesini anlatarak kitabımızda yer alacaktı. Ancak önce Seda'yla başlamak istedik.

Seda'nın annesi evde olmadığı için görüşmemizi okulda gerçekleştirdik. Üniversite sınavını kazanma oranı yüksek olan Kadirli İlköğretim Okulu ve Lisesi bir gerçeğin altını çizdi. Bu ilçe, çocuklarını okutmak için emek harcayan insanlarla doluydu. Seda'nın ailesi de bu cefakâr ailelerden biri.

İnşaat işçiliği yapan Emrah Sözer Osmaniye'nin kavurucu sıcağı altında bir yandan kürek sallarken, diğer yandan çocuğunun geleceğini kurtarmanın mutluluğunu yaşıyor.

Ağabeyi lisede okuyan Seda'nın küçük kardeşi ise henüz okula başlamamış. Seda'nın babasının güneş altındaki imtihanı yetmiyormuş gibi annesi de aile bütçesine katkı için ev işlerine gidiyor. Seda ve ağabeyinin eğitim masraflarını karşılamak için anne babasının gösterdiği onurlu mücadeleye hayran olmamak elde değil. Bu duygu ve düşüncelerle sohbetmize daha bir sıcaklıkla devam ediyoruz.

Şimdi inanıyoruz ki Seda ve ağabeyinin arkasında dağ gibi iki insan var.

Sınıfında otuz iki kişiyle beraber okuyan Seda, en sevdiği arkadaşı Türkan'la vakit geçirmekten zevk alıyor. "Türkan'la en çok ne yapmaktan hoşlanıyorsunuz?" diye sorduğumda verdiği cevap tam bir çocuk masumiyeti taşıyor. "Beraber saç tokası satın almaktan, gezmekten, ders çalışmaktan hoşlanıyoruz" diyor.

Seda kitap okumaya da bayılıyor. Reşat Nuri Güntekin'in Yaprak Dökümü isimli eserini üç kez üst üste okuduğunu söyleyen Seda, yaz tatillerinde köyde tavuk kovalamanın doyumsuz keyfini nasıl çıkardığını bize anlatıyor.

"En çok İstanbul Dolmabahçe Sarayı'nı görmek istiyorum" diye konuşan Seda Sözer, okulunun Ürgüp Göreme'ye bir gezi düzenlediğini, ama maddi imkânları yeterli olmadığı için bu geziye katılamadığını ifade etti. Seda bunu anlatırken önce yüzüne, sonra da gözlerine çöken hüzün ifadesi içimde tarif edilmez bir acı bıraktı.

Seda ile evlilik konusunu konuşmaya karar veriyoruz. Daha küçük yaşta evlendirilen çocukları sormadan o boyundan büyük bir cevapla sorumu ağzıma tıkıyor:

"Ben mesleği olmayan insanların evlenmesine karşıyım, önce bir mesleğin olacak, ondan sonra evlilik kolay."

Seda'dan sonra okuldan ayrılıp sınıf arkadaşı Begüm'ü de yanımıza alarak Yonca ailesinin evine doğru yol alıyoruz.

Begüm Yonca, Kadirli - Osmaniye

Kadirli İlköğretim Okulu'ndan Begüm'ün yaşadığı Kızılömerli köyüne giderken yaklaşık yarım saatlik bir yolculuk yaptık. Begüm'ün okula servisle gidip geldiğini öğrenince yol boyunca onun neler yaptığını merak ettik.

Önce "Hiç" diye yanıt veren Begüm sonra fikrini değiştirip, "Kitap okuyorum, şiir yazıyorum" dedi. On iki yaşındaki Begüm her gün köyünden ilçeye tek seferi olan minübüsle gidip gelmek zorunda. Akşam okuldan çıktığında çantası elinde evine koşturma heyecanı yaşayamıyor. Çünkü Kadirli'den kalkacak son araç olan beş buçuk minübüsünü beklemek zorunda.

Yemyeşil tarlaların, etrafta otlayan kuzuların arasından yol alarak Begüm ve ailesinin yaşadığı harikulade evlerine varıyoruz. Anne Öznur Hanım bizi büyük bir tebessüm ve misafirperverlikle karşılıyor. Baba Fatih Bey de bize daha sonra katıldı.

Bir zamanlar İstanbul'da yaşayan Yonca ailesi, baba Fatih Yonca'nın işlerinin bozulması sonucu tersine bir göç yaşamış. Üç kuşağın yaşadığı bugünkü evlerine geri dönmüşler ve İstanbul'un kalabalık ve gürültülü ortamından sonra huzurlu bir köyde yaşamlarını sürdürme kararı almışlar.

Begüm, bu evde babaannesi, annesi, babası ve iki kardeşiyle birlikte içi mutluluk dolu bir çatı altında yaşamanın keyfini sürüyor. Çiftçilik yapan babasına en büyük yardımcı annesi. Birlikte tarlada çalışıp geçimlerini sağlıyorlar.

Tatiller Begüm için kavuşma anlamına da geliyor. Fransa'da yaşayan amcası özellikle Begüm ve kardeşleri yaz tatilindeyken Kadirli'ye ziyarete geliyorlar. Bu ziyaretler Begüm'ün hayatında önemli bir yer tutuyor. Amcası ile Mersin'e, Tarsus'a ve Adana'ya giden Begüm, uykuya çok düşkün olduğunu, tatil boyunca da uyuduğunu sözlerine ekliyor.

Gelecekte tıpkı amcası gibi yurtdışına gitmek istediğini söyleyen Begüm, Fransa'yı görmeyi ve Eyfel Kulesi'ne çıkmayı çok istediğini söylüyor.

En büyük hayali edebiyat öğretmeni olmak olan Begüm duygusal şiirler yazıyor ve gelecekte bir kitap çıkarmayı planlıyor.

Sohbetimizin ardından Begüm'ün yaşadığı evin bahçesine çıktık ve annesi Öznur Hanım'la birlikte bahçede yetişen nefis kokulu güllerden kendimize bir demet yaptık.

Çiçek gibi güzel ve sevimli Yonca ailesinin yanından ayrılırken, güllerin kokusu ve görevimizi tamamlamamızın huzuru bütün.

Trabzon

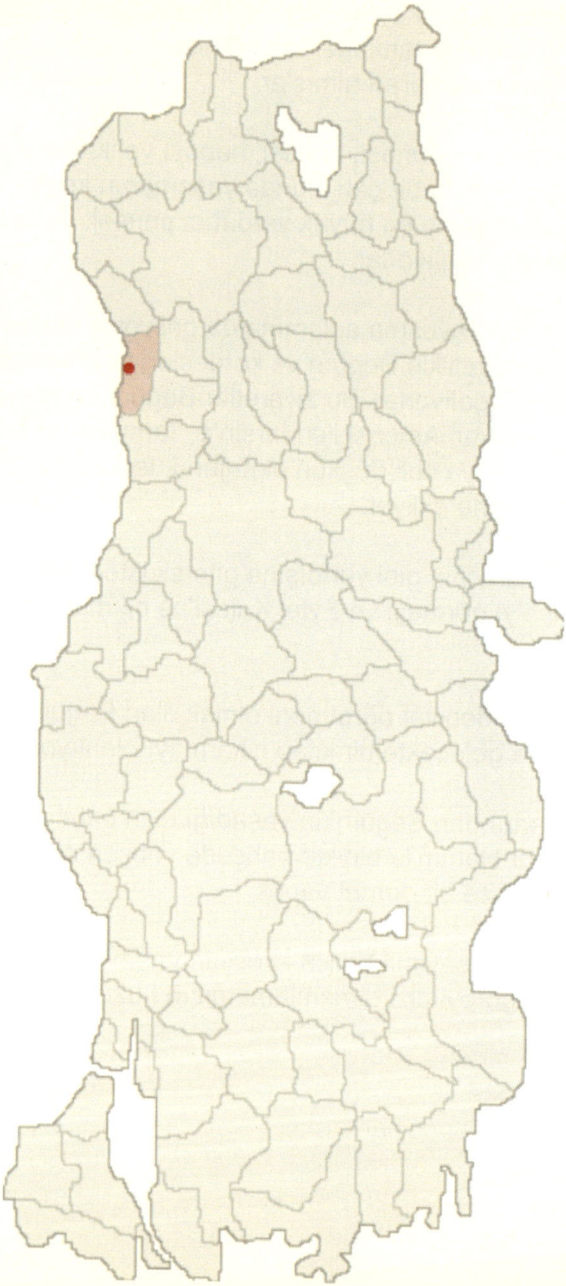

Tuğba Dülger, Trabzon

Trabzon'un sarp dağları, gür ormanları arasındaki vadilerde filizlenmiş küçücük çiçekleri bulmayı istiyorduk. Yolculuğumuz hiç de kolay olacağa benzemiyordu. Ama aradığımız çiçekler de öyle her vadide filizlenen türden değildi, biliyorduk.

Bu küçücük çiçekler için yaşam koşulları, en az Karadeniz'in zorlu iklim şartları ve hırçın dalgaları kadar yıpratıcı ve yorucu olmalıydı. Ama yolculuğumuzun en başında unuttuğumuz bir şey vardı, bunu çok sonra fark edecektik: Bu çiçekler bu iklimin ve bu coğrafyanın çiçekleriydi. Onlar en zor şartlara karşı mücadele edebilecek güce ve inanca doğaları gereği sahiplerdi. Karadeniz'in zor ama bereketli ikliminde filizlenmiş, boy vermişlerdi.

Trabzon'un dağlarını, tepelerini aşıp, her şeye rağmen okula gitmeyi akıllarına koymuşlardı onlar bir kere. Karadeniz'in sırtında yük taşıyan, tarlada çalışan çileli annelerinin yetiştirdiği çiçekler için hayat hiç de kolay değildi aslında. Ama onlar yılmadı, okul yolunu tuttular, hayallerinin peşini bırakmadılar.

Trabzon'un farklı köşelerinde birbirinden farklı hayatlar yaşayan beş kızımızla tanışmamızın öyküsü, aslında "umudun öyküsü"ydü. Çok çocuklu ailelerde okuma imkânı bulamayan ya da sırası gelmeyen küçük filizler okullarına sımsıkı sarıldı. Bu filizlerden ilkiyle Maçka Kardeşler İlköğretim Okulu'nda tanıştık.

Tuğba 7B sınıfında okuyor. Beş çocuklu bir ailenin ortanca çocuğu olarak dünyaya gelmiş. Kepçe operatörü olan babası, çocuklarını okutmak için şehir şehir, ülke ülke nerede iş varsa oraya gidiyor. Tuğba çok sık görmüyor babasını, ama çok sevdiğini ve özlediğini ekliyor hemen sözlerine, gözleri dolu dolu. "Dönmesini bekliyoruz, üzülüyoruz ama bizim için gittiğini biliyoruz" diyor.

Okuluna yürüyerek gidip geldiği okulunda en çok hangi dersi sevdiğine karar vermekte zorlanıyor Tuğba. Türkçe dersini çok sevdiğini söylüyor. Türkçesini geliştirmek için elinden geleni yapıyor. Geçmişi, kendi küçük hayatı dışında insanların neler yaptığna duyduğu merak onu tarih dersine de yöneltiyor. "Geçmiş olmasaydı bugün çok farklı olurdu" diyor yaşının çok üzerindeki olgunluğuyla.

En yakın arkadaşı Gamze ile paylaştıkları onun hayatının en özel anları. Birlikte kitap okumak, şarkı söylemek ve ders çalışmak en büyük zevkleri. Birlikteyken her şeyin çok farklı olduğuna inandıkları gözlerinden anlaşılıyor. Arkadaş olmanın, dost olmanın tadına doyasıya vardıkları her hallerinden belli.

Tuğba birçok genç kız gibi izlediği dizilerden, filmlerden çok etkileniyor. Televizyonda hiç kaçırmadan takip ettiği bir dizideki karakterden etkilenen Tuğba, polis olmak istiyor. Üstelik ailesi de bu konuda onu destekliyor.

Tuğba'nın hayalleri bunlarla da sınırlı değil. Bir gün başbakan olursa gerçekleştirmek istediği hayalleri de var Tuğba'nın. Küçücük bir kızın son derece gerçekçi hayalleri bizleri gülümsetiyor. İçinde ineklerin kesildiği mezbahalardan bahsediyor Tuğba. "Kanları dereye akıtılıyor ve bu durum beni çok üzüyor. Onların kestikleri hayvanların kanlarının dolduğu derede küçük çocuklar yüzüyor, o dereden su içiyor. Hiç ummayacağım bir hastalık bile oluşabiliyor" diyor Tuğba heyecanla yükselen sesiyle.

Bu soruna bulduğu çözümü daha da artan heyecanıyla anlatıyor: "Kirli suların akıtılacağı bir boru yapılması ve dereye karışmasının engellenmesi gerek. Bir arıtma cihazıyla da kirli suyun temizlenmesi sağlanabilir" diyor Tuğba.

Tuğba'nın yöre insanları için istediği ilk şey yine eğitim üzerine kurulu. Kendi zorlu hayatı ve geleceği için eğitimin ne kadar önemli olduğunu düşünüyor olmalı ki, yöre halkı için istediği tek şey ücretsiz eğitim. Karadeniz'in en büyük sorunlarından birinin eğitim olduğunun bilincinde olduğunu söylüyor Tuğba ve ekliyor: "Ben bu sorunların hepsini çözebilecek gücün bizde olduğuna inanıyorum."

Tuğba babasına olan özlemini ders çalışırken hafifletiyor...

Hilal Zafer, Trabzon

Karadeniz'in hırçın hayatlarından bir diğerini yaşayan Hilal'le buluşuyoruz bu kez. Hilal de Tuğba gibi Maçka Kardeşler İlköğretim Okulu'nda okuyor. Her gün yürüyerek gelip gittiği okulunu her şeyden çok seviyor. Fen bilgisi en sevdiği dersler arasında olsa da, onun gönlünde resim yatıyor. Resim yaparken farklı dünyaları keşfeden Hilal, gelecek hayallerini de resim üzerine kurmuş.

Trabzon'un ormanlarla kaplı yemyeşil sırtlarını, benzersiz doğasını resmetmek Hilal'in hayatının anlamı olmuş. Birçok yarışmaya katılmış resimleriyle, en kısa zamanda bir ödül almayı da çok istiyor. Gelecek planları da resim üzerine kurulu dedik ya, resim öğretmeni olmak en büyük hayali Hilal'in. Karadeniz'in çocuklarına resmi en az kendisinin sevdiği kadar sevdirmeyi istiyor.

Ama şartlar hep sınırlıyor Karadeniz kızlarının yeteneklerini. Okulun şartları genç yeteneklere sonsuz imkânlar sunamıyor tabii. Ancak Hilal pes edecek gibi görünmüyor. En yakın arkadaşı Nurhan'la birlikte geleceklerini hayal ediyorlar. Birlikte kitap okuyor, ders çalışıyor, hayata dair her şeyi paylaşıyorlar.

Roman okumak en büyük zevki Hilal ve Nurhan'ın. Tatili daha fazla kitap okuyabilecekleri için iple çekiyorlar. Bir de Sakarya'daki akrabalarının yanına gideceği için tatili dört gözle bekliyor Hilal. Dedeleri, halaları, birçok akrabası Sakarya'da yaşıyor. Yazları fındık topluyorlar hep birlikte. Dedesinin fındık bahçesi Hilal'in özgürlük alanı gibi. Sonu yokmuş gibi görünen fındık tarlası içinde her şeyi unutuyor, Karadeniz'in tadına varıyor Hilal. Elleri yara bere içinde kalsa da acıyı hissetmiyor. Çünkü ait olduğu topraklarda çalışmak, toprağın bereketine dokunmak keyif veriyor Hilal'e.

Ama yine de televizyondan gördüğü, büyüklüğünü hayal bile edemediği İstanbul çekiyor Hilal'i. Merak ediyor, tarihe olan ilgisi İstanbul'a olan merakından ortaya çıkıyor gibi. Dolmabahçe Sarayı, Süleymaniye, İstanbul Boğazı görmeyi hayal ettiği yerler arasında.

Yüzlerce yıl boyunca Osmanlı'ya ve Türkiye Cumhuriyeti'ne beşiklik etmiş bu şehir görmeye ve karış karış gezmeye değer Hilal için. Hayatının en büyük serüveni olabilecek İstanbul gezisini şimdilik hayal ediyor Hilal. Ama gerçekleşeceğinden hiçbir kuşku duymuyoruz biz, gözündeki istek ve arzuyu gördükten sonra.

En büyük hayallerinden bir diğeri ise köydeki çocuklara yardım etmek. Evlerinden okullarına yürüyerek ve uzun mesafeler kat ederek gittiklerini çok yakından bildiği için her köye bir okul yapılmasını istiyor. Kendi çektiği sıkıntıları başka çocuklar çekmesin diye...

Hatice Ülger, Trabzon

Maçka Kardeşler İlköğretim Okulu'nda okuyan bir diğer çiçekse Hatice. Üç kardeşin en küçüğü olan Hatice, Trabzon'da ve tüm Karadeniz'de bütün olumsuz şartlara rağmen okula gitmeye çalışan tüm diğer çocuklar gibi, sayısız sıkıntıyı göğüslemeye çalışıyor.

En başta ise, başka bir köyde bulunan okuluna yürüyerek gelip gidiyor. Kar, kış, dondurucu soğuk, yağmur onu bu yoldan alıkoyamıyor. Babası çalışmıyor Hatice'nin. Her şeyden öte, Hatice'nin ailesinin onu okula gönderecek ekonomik imkânı bulunmuyor. Çağdaş Yaşamı Destekleme Derneği ve METRO Group'tan aldığı bursla okuluna giden Hatice, kendini şanslı hissedebilecek kadar da akıllı.

Türkçe dersinde çok başarılı olduğunu söylüyor öğretmeni Hatice'nin. Yetmişin altında not almıyor Türkçeden. En sevdiği kitap Sevda Geri Dön. Dr. Sevim Asımgil'in yazdığı bir roman. Heyecanla anlatıyor kitabın kahramanını Hatice: "Kahramanımızın adı Sevda. Hıristiyan Ermeni çocuğu olarak doğmuş ama

Müslümanlığı seçmiş bir kadın" diyor. Belli ki din konusu oldukça ilgisini çekiyor.

Sınıfta en sevdiği arkadaşı Esra. Birbirlerini çok iyi dinledikleri için çok yakın arkadaş olduklarını söylüyor Hatice. Sıkıntılarını paylaştıkça daha yakın olduklarını ve sorunların üstesinden sırt sırta verip geldiklerini ekliyor sözlerine.

Genç yaşta evlenen birçok kızın olduğunu düşünüp onlara kızıyor Hatice. Telefon ve internetin yayılmasıyla birlikte Trabzon'da evlerinden kaçıp evlenen kızların sayısının arttığını söylüyor. On altı yaşında evlenen kızlar var bu coğrafyada, hatta daha da küçük yaşlarda. Belki aileleri zorluyor, belki de şartlar; ama sonuç olarak eğitim alamamış kızların kaderi evlenmekle son buluyor. Küçücük yaşta eş, anne, işçi ya da ırgat olup geleceklerini sonu bilinmeyen noktalara sürüklüyorlar.

Ne yazık ki ilkokula gitmiş olmak da yetmiyor genç yaşta evlendirilmemeleri için. Ortaokul bittikten sonra dahi evlendirilmeleri söz konusu olabilir gencecik, henüz çocuk yaştaki kızların.

Oysa Hatice tüm bu gerçeklerin farkındaymış gibi konuşuyor. Sanki Karadeniz'in bu ücra köyünde doğmuş ve büyümüş olan o değil. Gelecek hayalleri çok. İlki polis olmak. Kulağına en sıcak ve etkili gelen meslek polis olmak. Kadın doğumcu ya da avukat olmak da aklına girmiş. Henüz kararını verememiş de olsa, meslek sahibi olmayı ne kadar çok istediğini gözlerinden anlamak hiç zor değil.

Hatice'nin birçok çocuğun aksine İstanbul'a değil de Bodrum'a gitmeyi çok istiyor olması bizleri şaşırtmıştı. Tabii ki, küçücük kalplerinin ve heyecanlarının bulundukları köy, hatta ilin dışını görmek için nasıl çarptığını görmek bizleri hem mutlu ediyor, hem de üzüyordu. İçlerinde giderek büyüyen merak ve heyecan hayat çizgilerinin onların istediği şekilde devam etmesini sağlayabilecek en önemli etkendi. Diğer yandan illerinin, hatta köylerinin dışına pek nadir çıkmış olmaları içimizi burkmuştu.

Hatice'nin aldığı eğitim bursunun hayatında ona sunulmuş en büyük hediye olduğunu düşünüyor olması, geleceğe dair planlarına sıkı sıkı sarılacağının sinyallerini veriyordu.

Ders çalışmanın yanısıra Hatice televizyon dizilerini seyretmekten hoşlanıyor...

Hatice şanslı bir çocuk olduğunu düşünüyor, çünkü onu seven anne ve babası her zaman yanında

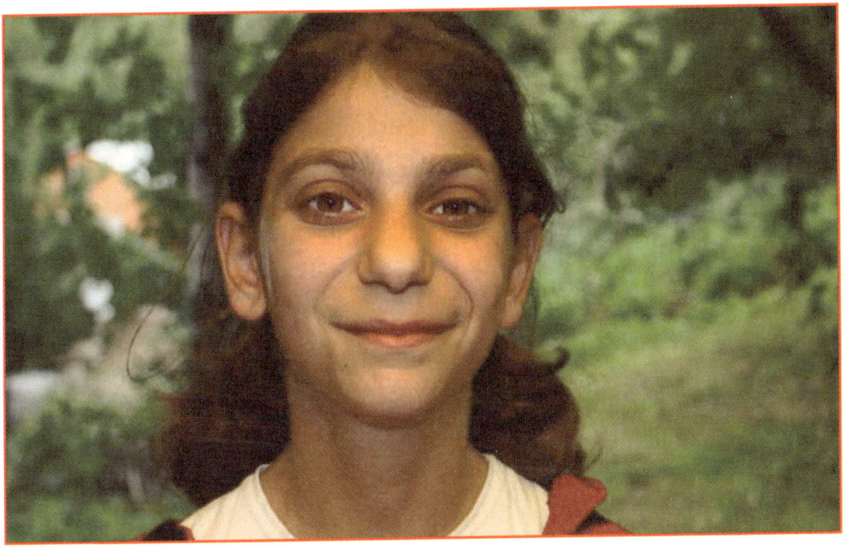

Sena Solak, Trabzon

Sena da Maçka İlköğretim Okulu'nun en gözde öğrencilerinden bir diğeri. Henüz on üç yaşında olmasına rağmen hayatın tüm gerçekleriyle yüzleşmiş çocuklardan biri. Ama ailesi onun okumasını desteklediği için yine de çok şanslı. Babası onu okula kendi elleriyle bırakıyor. Küçük kardeşiyle aynı okulda okuyan Sena, zorlu okul yolculuğunu kardeşiyle birlikte göğüslüyor. Çocuklarının okumasını gönülden isteyen baba, elinden gelen her türlü gayreti gösteriyor.

Küçük kızı Sena'nın öğretmen olma hayaliyle okula gittiğini sevinç ve gururla söyleyen baba, kızının öğretmenlerini örnek aldığını söylüyor. Okuldaki öğretmenleriyle çok güzel ve güven üzerine kurulu bir ilişki kurmayı başarmış Sena. Öğretmenlerinin emeklerini karşılıksız bırakmamış hiç. Kitap okumayı çok seven Sena, en çok Ertuğrul Genç'in Kendine Kıyan Kadınlar adlı kitabını sevmiş. Öyküsünde ve kahramanlarında belki de kendi hayatından örnekler bulan, benzeten ve yüreğinde hisseden Sena, tam bir kitapkurdu.

Çeşitli konularda kitaplar okumayı seven Sena, gezip dolaşmayı da çok seviyor aslında. Ancak hayat şartları onun bu zevkini tam olarak hayata geçirmesine pek izin vermiyor. En büyük hayali Çanakkale'yi görmek. Kitaplardan okuduğu Çanakkale çok ilgisini çekiyordu Sena'nın. Kurtuluş Savaşı'nın en önemli cephesi, şehitler ve tarih kokusu veren tüm ayrıntılarıyla Çanakkale görmeyi en çok istediği yerdi.

Diğer şehirlerde okul gezilerinin olduğunu duymuştu Çanakkale'ye. Keşke o da gidebilseydi. En yakın arkadaşı Cansu ile birlikte karış karış gezmek istiyorlardı Şehitler Abidesi'ni. Çok farklı olmalıydı oralar diye düşünüyordu Pınar.

Sena'nın hayalleri hayatta en çok yardım etmeyi istediği kişileri de kapsıyordu: Yaşlılar. Trabzon'daki bütün yaşlıların birlikte yaşayacakları bir şehir kurmayı hayal ediyordu. Yaşlıları ancak onlarla aynı sıkıntıları yaşayan diğer yaşlıların anlayabileceğine inanıyordu çocukça naifliğiyle. Ona göre aslolan yaşlılara iyilik yapmaktı.

Kalbindeki iyilik ve merhamet duygularıydı belki onu gelecekte öğretmen olmayı istemesine yönelten. Topluma faydalı olmak, birilerinin hayatına dokunmak ve mutlu etmek Sena'nın belki de kendinin bile farkında olmadığı varlık sebebiydi. İçindeki içgüdüsel duygular onu hep bu çizgide ilerletiyordu. Evet, Sena'nın içindeki okuma gayretini ve faydalı olma arzusunu görmek hiç de zor değildi.

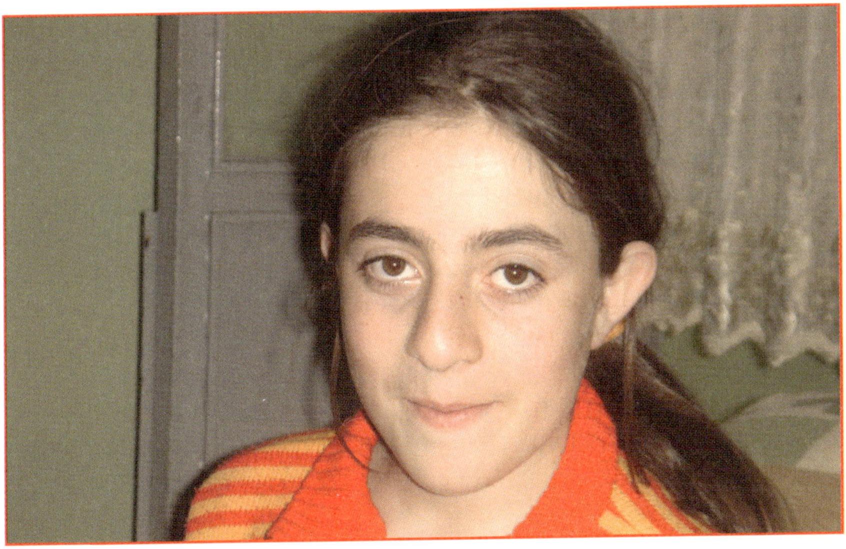

Gamze Yıldız, Trabzon

On üç yaşındaki Gamze, iki küçük kardeşinin ablası. Onlar da Gamze gibi okula gidiyorlar. En küçük birinci sınıfa, bir büyük kardeşi ise üçüncü sınıfa gidiyor. Kardeşleriyle birlikte okuluna her gün yürüyerek gidip geliyor "abla" Gamze. Kendinden çok kardeşlerini önemsiyor. Ortaokul öğrencisi olan bir kız çocuğunun küçük kardeşlerinin de okula gidiyor olmasından duyduğu gurur gözlerindeki ışıltıdan anlaşılıyor. Belli ki onların küçük annesi olmuş, sahiplenmiş, kol kanat germiş küçücük kollarıyla.

Doğanın bir gereğiydi bu da işte, ablaydı o. Kendi dersleriyle ilgilendikten, ödevlerini yaptıktan sonra kardeşlerine de yardımcı oluyor, birlikte ders çalışıyorlardı.

En çok sosyal bilgiler dersini seviyordu Gamze. Dersin adı geçtiğinde bile yüzünde inceden bir gamze beliriyor, gülümsüyordu. Sosyal bilgiler, notlarından en büyük gururu duyduğu dersti. "İyi anlıyorum sosyal bilgiler dersinden" dedi utangaç bir gülümsemeyle. Sosyal bilgiler dersine olan ilgisinin yanı sıra kitap okumaya da ilgisi vardı Gamze'nin. Son okuduğu kitap olan Değirmenden Mektuplar onu çok etkilemişti.

Diğer çocuklar gibi o da televizyon dizilerinin etkisi altında kalıyordu gelecek planlarında. Televizyondan izlediği ve çok sevdiği bir dizinin kahramanlarını kendine örnek almış olacak ki polis olmayı istiyordu. Polis olup ekibindeki diğer çalışma arkadaşlarıyla işbirliği içerisinde çalışmak, başarılar elde etmek istiyordu. İnsanların onun sayesinde güvenle yaşamalarını sağlamak istiyordu. Her akıllı ve gelecek vaat eden çocuk gibi ileride iz bırakacak işler yapmak istiyordu.

Tabii böyle olunca gidip görmek istediği yerlerin başında da İstanbul ve İstanbul Asayiş Müdürlüğü geliyordu. Onun hayal gücünü büyük oranda etkileyen medya dünyası, gelecek planlarını çok etkiliyordu.

İlk adımı atmıştı bile Gamze. Yaklaşan yarıyıl tatilinde İstanbul'da oturan dayısını ziyaret etmeyi planlıyordu. Belki bu tatilde İstanbul Asayiş Müdürlüğü'nü görme fırsatı da olurdu. Çocuk naifliğindeki hayallerinin peşinden ilerliyordu Gamze.

Gamze'nin küçücük yaşında kalbinin derinliklerinde hissettiği okuma ve topluma faydalı bir birey olma isteği ailesinin en büyük gurur kaynağıydı. Kızlarının gelişimi ve eğitimi için ellerinden geleni yapmaya çalışan ailesi, bir nokta gelir de tıkanırlar ve kızları yok pahasına üzülürse diye büyük endişe duyuyorlardı. Ama Gamze'nin gözlerindeki kararlılık diğer kardeşlerini bile etkisi altına alabilecek güçteydi.

Ailesi, kızlarına sağlanan bursun, eğitime muhtaç, okuma arzusuyla yanan diğer milyonlarca kıza da sunulması için dua edebiliyordu. METRO Group olarak bin kızımıza ulaşmıştık ve bunun tüm Türkiye'ye örnek olması gerekiyordu. Binlerce kızımızın Trabzonlu bu minik çiçekler gibi filizlenmesi, boy vermesi için toplu bir hareket gerekiyordu. Herkesin sanki kendi çocuklarıymış gibi Anadolu'nun kız çocuklarına sahip çıkması gerekiyordu. Bu duyguyla ayrılmıştık Trabzon'un yemyeşil, taptaze ama hırçın ikliminden...

Gamze ailesiyle mutlu günler geçiriyor...

Gamze'nin yolu İstanbul'a düşerse, İstanbul Emniyet Müdürlüğü Asayiş Şubesini görmek istiyor...

HEIDI, YAZ TATİLLERİNİ BÜYÜKBABASININ YANINDA GEÇİRİR.
YEMYEŞİL KIRLARDA PAPATYA TOPLAMAYA BAYILIR.
HEIDI İLE ARKADAŞI PETER KEÇİLERLE KOŞUP OYNARLAR.
MİS GİBİ KOKAN ÇİÇEKLERİ NEŞEYLE BÜYÜK-BABASINA TAŞIR.
DAĞLARIN TERTEMİZ HAVASI HEIDI'NİN İŞTAHINI AÇAR.
KLARA DA GELİNCE TAMAM... ŞİMDİ EVCİLİK ZAMANI...